Désalignée

De la même auteure

Les Inamovibles de la République. Vous ne les verrez jamais, mais ils gouvernent, Éditions de l'Aube, 2020.
Être vieux : relégation ou solidarité ?, avec Daniel Perron, Éditions de l'Aube, 2021.
Le Populisme au secours de la démocratie ?, Gallimard, 2021.
On a les politiques qu'on mérite, Fayard, 2022.
On aura tout essayé..., Fayard, 2023.
Quand il aura vingt ans. À tous ceux qui éteignent les Lumières, Fayard, 2024.
La Broyeuse. Chronique d'une décomposition médiatique annoncée, Éditions de l'Observatoire, 2025.

Chloé Morin

Désalignée

Éditions de
L'Observatoire

ISBN : 979-10-329-3827-0
Dépôt légal : 2025, novembre

170 *bis*, boulevard du Montparnasse, 75014 Paris

« Tout est chaos
À côté
Tous mes idéaux : des mots
Abîmés... »

Mylène Farmer,
« Désenchantée », 1991

Introduction

L'eau devient trop chaude

Il paraît que si l'on met une grenouille dans une casserole et que l'on fait monter la température, elle ne sait pas quand sauter. Elle reste immobile, jusqu'à ce qu'il soit trop tard.

On croit toujours qu'il y aura un seuil. Une bascule. Un instant où l'on saura : c'est trop, c'est maintenant qu'il faut partir ; dire non. Mais ça ne vient jamais. Notre époque ne frappe pas. Elle infiltre. Elle monte lentement, comme la température d'une eau tiède. Et nous sommes des grenouilles bien dressées. Si la brûlure était immédiate, peut-être que nous sauterions. Mais elle s'installe par degrés. À chaque degré, on s'adapte. On observe les autres, qui restent aussi. On finit par croire que ce que l'on ressent est marginal, pas assez grave pour être dit. C'est ici que le collectif se transforme en piège : il nous empêche de sentir ce que l'on sent. Il neutralise l'alerte en la noyant dans le regard social. Il n'y a pas de point de bascule. Juste une addition de petits renoncements. De seuils que l'on déplace pour ne pas avoir à choisir. Et puis un jour, l'eau bout. Mais personne n'a sauté à temps. Ce n'est même pas une question de lucidité. C'est une question de seuils effacés, de capteurs brouillés.

Je crois que c'est cela, l'effondrement qui nous guette : pas un fracas, mais une température devenue méconnaissable. Et une part de nous qui continue, parce qu'on ne sait plus trop ce que cela voudrait dire, sauter.

****

Pendant des mois, j'ai cherché la forme que pourrait prendre ma réponse à la montée de l'absurde. J'ai cherché un geste clair, une langue juste. En vain. Le délitement démocratique me glissait entre les doigts, insaisissable, comme s'il s'ingéniait à échapper aux mots mêmes avec lesquels j'essayais de le saisir. J'ai traîné cette sensation de vertige, de perte diffuse et indicible. Une nostalgie du futur qui s'obstinait à vouloir remplacer mon progressisme. J'ai tenté de continuer à penser malgré le vacarme, malgré ce bourdonnement médiatique où chaque inflexion devient soupçon, chaque silence une faute.

Et puis, un jour, ce qui n'avait pas de contours m'est soudain apparu. C'était un midi banal, au cœur d'un déjeuner. Une militante féministe pour qui j'ai de l'estime – sincère, profonde – m'a regardée longuement. Elle a incliné la tête légèrement, avec cette forme de bienveillance grave qu'ont ceux qui vous lisent sans animosité, mais avec perplexité. Et elle a dit, doucement : « Je vois bien que vous avez l'air de comprendre ce qu'est le féminisme. Mais alors, du coup… je ne comprends pas votre trajectoire. » Il n'y avait pas de reproche. Pas de stratégie. Juste une interrogation directe, qui contenait toutes les autres. Une manière de dire : « Si vous êtes des nôtres, pourquoi nous critiquer ? Pourquoi ne pas être au centre, dans le camp, avec nous ? »

J'ai failli lui répondre mille choses. Lui dire que certains outils forgés par la pensée féministe afin de comprendre les systèmes de domination me servaient tous les jours. Dans mon métier, dans mon analyse du pouvoir comme dans mon observation de la démocratie. J'aurais pu lui dire aussi combien, dans mes échanges avec les responsables politiques, je mesure chaque jour le caractère genré de l'effet Dunning-Kruger – cette certitude tranquille des incompétents, si bien maquillée en autorité. Lui dire encore que, lorsqu'une femme comme moi propose une idée, l'élue commence souvent par douter : « Tu crois vraiment que je peux dire ça ? », alors que beaucoup d'hommes, eux, répondent : « Pas mal. Je vais améliorer ça. » Comme si, par défaut, je n'étais que le brouillon de leur propre pensée. Ou bien j'aurais pu citer le nombre de fois où j'ai ravalé ma colère face à des journalistes, des élus, des experts qui m'expliquaient doctement ce que je savais aussi bien qu'eux. Parce j'ai appris, dans ce milieu, ce que coûte la colère à une femme qui cherche à protéger sa crédibilité. Je sais que l'irritation, chez nous, annule le fond. Que l'impatience conduit au désaveu et que l'exactitude d'une parole ne protège pas quand elle dérange trop. Mais je n'ai rien dit. Pas ce jour-là.

J'ai compris que mon trouble ne venait pas tant d'un désaccord avec le féminisme que d'un malentendu plus profond : que soit lu comme une défection ce que je tiens pour une ligne. Être perçue comme une adversaire parce que je porte une inquiétude.

****

Depuis quelques années, je vois le féminisme s'installer dans des formats qui l'abîment. J'observe avec inquiétude les figures surexposées et les récits de plus en plus calibrés. Les codes communs qui deviennent de plus en plus contraignants. Une grammaire militante qui doit désormais se soucier de sa lisibilité plus que de sa pensée.

Je comprends bien que ce combat doit se rendre audible. Créer de l'adhésion, mobiliser. Mais ce que je vois aussi, c'est une pensée de l'émancipation peu à peu prise au piège des plateformes.

Alors j'ai voulu écrire. Pour pointer le piège, dire que le féminisme mérite un autre horizon.

Ce piège est armé par une époque où l'algorithme est roi. C'est une mécanique invisible mais implacable, qui transforme même les causes justes en produits. Elle absorbe, capte, et monétise. Et digère tout. Y compris, et peut-être avant tout, les femmes. Mais tout en réfléchissant à ce que j'allais écrire, je me disais : peut-être qu'il est déjà tard. Peut-être que nous approchons de ce moment que les chercheuses anglo-saxonnes appellent « la falaise de verre ». Ce moment glaçant où l'on appelle une femme au pouvoir… seulement quand tout est déjà presque perdu.

Quand l'effondrement est en cours et les institutions chancellent. Il ne reste alors plus qu'un espoir mince, presque sacrificiel : celui que le féminin, peut-être, puisse sauver ce qui reste. Mais ce pouvoir-là, quand il est enfin accordé, n'est pas une reconnaissance. C'est une condamnation à l'échec. Un enterrement par avance. Et je me suis prise à penser : et si le bord de la falaise approchait ? Et s'il ne restait que quelques années avant que l'on ne tende enfin le micro à une parole féminine, mais dans un monde déjà brûlé ? Et si l'on convoquait le féminisme au bord du gouffre – non pour le suivre, mais pour éponger ? Pour réparer l'irréparable ?

Il ne faut pas attendre ce moment où l'on demandera à une féministe d'incarner le dernier recours. Comme une ultime caution démocratique, une présence sacrificielle. Car ce sera déjà trop tard.

Je crois que le féminisme possède les outils et les ressources pour éviter ce moment. Un autre regard sur le pouvoir. Une autre manière d'exister dans l'espace commun. Un rapport au langage, à l'attention, à l'écoute, à la complexité qui, s'il était pris au sérieux, pourrait peut-être ralentir la chute. Ce livre est une manière de dire : nous avons encore une fenêtre. Elle se referme vite.

Je défends dans ces pages le droit à l'invisibilité affective. Pourtant, je passe par le « je ». Il ne s'agit pas d'une contradiction, c'est un dépassement. Souvent, ce « je » s'ancre dans ma biographie – jusque dans ses épisodes les plus insolites. Parfois, non.

Ce « je » est la concession que je fais à une époque où les récits et l'émotion dictent leurs lois. Il ne s'agit pas d'un « je » pour chercher l'approbation ou pour plaire, mais pour faire ressentir ce que les concepts et les abstractions peinent parfois à ancrer. Un outil d'empathie.

Passer par le « je », au fond, c'est espérer donner une chance à ce livre de traverser le lecteur. Même un peu. Et ce que j'essaie de préserver ici n'est pas seulement une capacité à dire « je ». C'est une souveraineté plus fondamentale : celle de pouvoir penser sans être captée, ressentir sans devoir performer. Ce que je défends, c'est la souveraineté cognitive. Celle qu'on nous vole en silence pendant que nous sommes trop occupés à scroller.

Ce livre pose une question simple : que devient le débat quand une parole n'est plus censurée, mais désactivée ? Le féminisme ne m'a pas seulement appris à nommer la violence. Il permet aussi de voir comment elle se fait douce, systémique, presque imperceptible… jusqu'à devenir un régime. Ce que je questionne dans ces pages est une somme de dérives : une absorption des causes par les formats ; une désactivation de la pensée par la vitesse et la norme sociale. Un glissement, presque imperceptible, mais décisif.

Je pense encore que ce glissement-là n'est pas une fatalité. C'est la raison pour laquelle j'essaierai de montrer ici ce que le féminisme pourrait encore nous aider à penser cette époque autrement. Déplacer. Réparer. Offrir un contre-modèle en cohérence avec les valeurs qu'il porte : l'empathie, la complexité, l'attention à l'autre y compris dans sa vulnérabilité, le refus de la verticalité. La capacité à douter, aussi, même à l'excès. Le féminisme pourrait servir de cadre critique pour penser les dérives de notre époque. Désamorcer un *backlash* masculiniste qui préfigure toujours une régression brutale des droits des minorités. Refuser la logique de la polarisation binaire qui est en train de détruire le débat public et la démocratie. Réinvestir le lien, l'attention, l'écoute, comme gestes politiques contre la dissolution du commun. Repolitiser l'empathie comme rigueur éthique et comme autre manière de regarder la société. Penser le leadership autrement, sans écraser, sans calquer ses modèles sur des formes viriles qu'il prétend subvertir. Remettre nos élites face à la question de la décence. Et peut-être, qui sait, ne pas attendre qu'il soit trop tard pour confier à une femme ce qu'il reste à sauver. Gouverner non pas à l'identique. Mais autrement.

I

Ce que notre époque fait au féminisme

Fragment de survie médiatique 1

Comment se faire des amis partout en trois paragraphes (et les perdre dans les deux suivants)

Au passage, avec les sujets abordés dans cet essai, je crois réussir à activer à peu près tous les déclencheurs émotionnels[1] de notre formidable époque. Le voile, le féminisme, une critique du spectacle médiatique, un état des lieux du trouble masculin, la panne de la sexualité et quelques phrases sur ce que nos regards font aux femmes de pouvoir...

Je devrais me faire des amis à peu près partout. C'est presque un don chez moi. Comme une forme d'intelligence relationnelle... mais inversée.

Je ne cherche pas les conflits, mais j'ai une capacité naturelle à me placer exactement là où ça coince, avec calme, et parfois un PowerPoint mental. Mes amis ne s'ennuient jamais.

Je le sais. Par moments, je donne l'impression d'être une sorte de *suicide bomber* bien déguisée. Mi-intellectuelle, mi-intrus système. Un peu

1. Un déclencheur émotionnel est un mot, une image ou un événement qui provoque une réaction affective immédiate, souvent amplifiée par les réseaux sociaux, au détriment du temps de réflexion.

trop articulée pour passer pour folle, mais un peu trop floue pour être rassurante.

Je suis en général rapidement classée dans la case « intelligence préoccupante ». Celle dont on ne sait pas si elle est brillante ou juste... givrée. Ou tout à la fois. Ce qui, dans le système actuel, revient presque à du sabotage involontaire.

Je crois que j'ai un vrai talent pour les situations de tension à haute valeur ajoutée émotionnelle. C'est ce qu'on appelle, je crois, du leadership inversé par le chaos léger.

Peut-être que je suis juste un miroir grossissant : plus la société déconne, plus j'ai l'air bizarre. Je ne suis pas excentrique. Je suis juste le reflet fidèle d'un monde en roue libre.

Le miroir que je suis ne juge pas. Il enregistre. Il vous montre tel que vous êtes peut-être quand vous croyez que quelqu'un vous épie : poli, modéré, stratégiquement concerné, parfaitement camouflé dans la résignation générale, aligné sur tout ce que vous méprisez en privé... et parfaitement convaincu d'être « en alerte sur les signaux faibles ».

Il paraît que l'humain ne distingue pas toujours le courage de l'inconscience. Je laisse planer le doute sur mes motivations – pour les besoins de la démonstration, évidemment.

Un jour, on a commencé à découper ma vie en *stories* sans me demander mon avis. J'ai résisté. Un peu. Puis j'ai compris que c'était vain. C'est noble, la résistance. Mais ça ne fait pas d'audience.

Alors j'ai décidé de filer un coup de main. À la déconstruction participative de moi-même. C'est ma manière de survivre dans une époque qui scrolle trop vite pour comprendre une phrase entière. Au pire, j'écrirai un second livre intitulé *Comment rater sa carrière médiatique en restant polie*[1].

1. Sociologie embarquée : ces « fragments de survie » constituent un dispositif méthodologique inspiré de l'auto-ethnographie critique développée dans les travaux de Carolyn Ellis et Tony Adams. Ils ne relèvent pas du témoignage personnel mais de l'analyse située au sens où l'entend Donna Haraway : une objectivité partielle qui révèle les structures de pouvoir depuis leur point d'impact sur les subjectivités. Chaque fragment fonctionne comme un « analyseur sociologique » démontrant en acte les mécaniques de dissociation et de neutralisation que subissent les femmes dans l'espace public. Cette approche s'inscrit dans la tradition de l'épistémologie féministe du « savoir situé », qui considère l'expérience vécue non comme un obstacle à l'analyse mais comme un point d'entrée privilégié pour comprendre les rapports de domination. Voir notamment Patricia Hill Collins, *La Pensée féministe noire* [1990], Payot, 2021, et Dorothy Smith, *The Everyday World as Problematic*, Northeastern University Press, 1987.

1

Loyauté désalignée

À l'heure où la tendance est dictée par les algorithmes, il n'y a rien de plus inquiétant qu'une cause juste devenue tendance. J'écris à partir du féminisme parce qu'il incarne, mieux que tout autre combat, ce que l'époque fait aux mots, aux luttes, à la vérité et à la dignité. Le féminisme n'a pas disparu. Il n'a pas triomphé non plus. Il s'est simplement mis, à contrecœur et souvent à son insu, à épouser les formes de son époque. Cette cause est en train d'en absorber la vitesse et le formatage pour le spectacle. Le féminisme brille, oui, mais comme brillent les vitrines. Il avance, aussi, mais de plus en plus souvent au rythme imposé par les algorithmes. Il devient une esthétique qui rassure, une colère qui cherche sa lumière. C'est précisément pour cela que j'ai choisi de parler du féminisme ici : pour tenter de lui rendre sa zone d'intranquillité.

Je suis féministe. Pourtant, je n'ai jamais revendiqué cette étiquette. Peut-être par politesse. Par volonté de ne pas offenser celles qui ne partagent pas ma ligne. Ou peut-être parce que cela m'a toujours semblé évident, être féministe, quand on a grandi dans des milieux dominés par les hommes. Je ne suis pas en désaccord avec les principes féministes, mais je n'en parle ni dans la langue, ni dans les tribunes attendues. Et dans l'écriture, je cherche avant tout une position habitable. À parler sans exclure ceux dont je pressens qu'il ne faudrait pas grand-chose pour qu'ils deviennent, demain, des alliés. Or j'ai le sentiment de plus en plus net que beaucoup de féminismes d'aujourd'hui – ceux qui dominent l'espace médiatique, militant, académique parfois – sont devenus des récits bien écrits, mais souvent trop fermés sur eux-mêmes. Fermés au doute et à l'écart. Trop fermés à la dissonance pour laisser passer des voix comme la mienne.

On y entre avec des mots de passe. Les étiquettes y tiennent lieu de passeports de légitimité à s'exprimer. Trop souvent, on y reste à condition d'avoir, à un moment donné, montré ce que l'on a subi, parlé depuis la bonne identité, la bonne origine ou la bonne religion. Il faut avoir dit, et bien dit. Les autres peuvent lire, soutenir, applaudir, mais elles sont cantonnées à la marge du débat. Leur parole est désactivée, presque rendue illégitime.

Parfois, je suis saisie par un vertige que je ne sais pas très bien exprimer : celui d'avoir été féministe toute ma vie mais, pourtant, d'avoir été progressivement expropriée de ce mot. Non pas parce que je m'y oppose. Mais parce qu'on m'a, peu à peu, expulsée *du dedans*. À cause de certains slogans que je ne pouvais m'empêcher de trouver trop caricaturaux, ou de mots que je n’arrivais pas à prononcer tant ils me semblaient tordre la réalité. À cause, aussi, de concepts agités comme des clés universelles, alors qu’ils ne faisaient que me renvoyer à une forme d’illisibilité. Et je sais ne pas être seule dans ce cas.

Un jour, j’étais chez le coiffeur. La coiffeuse me parlait en me coupant les cheveux : une anecdote banale, le client d’hier, un collègue, un mot de travers. Puis, sans y prendre garde, elle glisse : « Non mais là, j’ai senti que s’il disait ça, c’était parce que j’étais une femme. » Elle s’arrête une seconde. Me regarde dans le miroir. Et ajoute aussitôt, comme pour rectifier : « Je ne suis pas militante, hein. Enfin… je ne revendique rien. » Cette scène-là, je l’ai vécue cent fois. Dès qu’un mot approche du champ sémantique du féminisme, les femmes se recadrent elles-mêmes. Elles s’autocorrigent par réflexe pour éviter qu’on ne les classe. Comme si le simple fait de remarquer une inégalité appelait aussitôt des excuses. Comme si le soupçon de féminisme était devenu un risque de disqualification sociale. Et puis elle a repris, plus légère, comme en confidence : « De toute façon, quand j’ouvre Insta, je ne reconnais plus rien. Les mots changent sans arrêt. Quand j’ai vu passer “iels”, j’ai dû googliser. Je n’ai pas tout compris. “Déconstruction”, ça fait hurler mon mec. Les étiquettes valsent, les concepts aussi. Mais j’ai une fille ado. Donc je m’accroche. J’ai fini par noter les mots, pour éviter d’être larguée. Mais je n’arrive plus à suivre. » Elle est partie d’un grand éclat de rire. Un rire qui, sur le moment, faisait diversion. Mais derrière, il y avait ce désarroi très spécifique que j'ai noté tant de fois, toujours dans des lieux sans mise en scène, dans des pièces où il n'y a que des femmes et personne à convaincre. Un désarroi que les tribunes ne nomment pas. Un désarroi de fond, pudique, où la possibilité même de l'alliance entre femmes se délite en silence. Parfois, plus un mot est repris, plus il perd de sa charge transformatrice. C'est ce que le système numérique fait de tout ce qui circule trop bien : il l'use, le vide et le rend peu à peu inoffensif. Tout finit digéré et neutralisé. C'est ce que je cherche à éviter ici, en choisissant une écriture un peu décalée, plus personnelle, peut-être moins attendue.

Il y a dans le vocabulaire féministe militant trop de mots qui circulent, qui rassurent, mais qui ne disent plus rien de ce qui, dans la perception que j'ai du réel, reste trouble. « *Empowerment* », « intersectionnalité », « charge mentale », « sororité », « *safe space* », « masculinité toxique », « déconstruction » – je les entends, je les lis partout, pourtant je n'arrive pas à les faire miens. Ils ne sont pas faux, mais ils ne me traversent pas. Ils me semblent parfois plaqués sur des réalités qui, telles que je les perçois, sont plus bancales. Plus intraduisibles. Tout se passe comme si la pensée, au lieu de s'ouvrir, était sommée d'entrer dans un lexique où tout était déjà résumé et jugé. Il ne reste plus rien à penser : il faut s'aligner ou se taire. Tous ces mots sont rendus inoffensifs par excès de vertu. Je ne nie pas leur utilité mais je ressens, devant eux, une forme d'assèchement. Comme si la langue militante, à force de vouloir rassembler, avait fini par exclure celles dont la douleur ou le regard ne s'y reconnaissaient pas tout à fait. C'est là que réside le cœur de ma gêne : non pas dans le combat, mais dans le récit qui en est fait. Dans la façon dont la colère est désormais parlée à l'avance.

Je ne peux pas faire semblant d'entrer dans les récits féministes dominants. Je suis de leur côté, oui, mais je me méfie de ces loyautés inconditionnelles que le groupe impose. De ce qu'elles finissent toujours par exiger comme trahison de soi-même. Je n'ai jamais quitté le combat : je refuse simplement sa mise en scène. Pourtant, chaque fois qu'un homme me parle de mes « hormones » en riant, chaque fois que ce mot surgit pour déclasser ou simplement réduire au corps ce qui vient d'une pensée, j'ai envie de hurler. Chaque fois qu'on loue mes « intuitions », comme si une femme ne pouvait pas avoir une vraie réflexion, j'ai du mal à cacher ma crispation. Mais je respire. Je réfléchis, je ne m'énerve pas. Parce qu'une femme qui hurle ne convainc pas. Elle est immédiatement disqualifiée. Je ne m'énerve plus depuis longtemps. Je cherche plutôt des lignes de déplacement. Pour cela, j'ai lu toutes les théories, les études, j'ai suivi les débats académiques et décortiqué les polémiques médiatiques. Pourtant, je n'ai pas vraiment compris le féminisme dans les lieux où il était théorisé et enseigné. Ce que j'en comprenais sur le plan intellectuel ne s'accordait jamais vraiment avec ce que je ressentais. Je l'ai appris ailleurs, par défaut, souvent par hasard.

Dans les milieux politiques et médiatiques que je côtoie, évidemment. Parce qu'ils se prétendent souvent évolués pour mieux cacher des inégalités insidieuses. Parce qu'ils dénoncent souvent les injustices qui sévissent « en bas » pour ne pas regarder en face la manière dont on traite encore les femmes au sommet de l'État. Mais je l'ai aussi appris dans les romans, dans la musique, dans le cinéma, dans des formes qui ne m'imposaient pas une version clé en main de la lutte pour les femmes, mais me forçaient à penser ce qu'il en était. J'ai fui tous les discours bien ficelés et les propositions prêtes à l'emploi. Mais j'ai toujours été rattrapée par une gêne face à une scène, un trouble en lisant un récit. C'est le sentiment de ne pas trouver ma place dans le monde tel qu'il était raconté qui m'a souvent fait réfléchir. On me reprochera sans doute d'avoir aussi été formée par des hommes que le féminisme rejette. Ce sont justement leurs angles morts, leur dureté parfois, qui m'ont appris à ne pas chercher une langue consolante. À penser malgré le cadre et à habiter l'écart.

La lecture de Tom Wolfe, l'auteur du *Bûcher des vanités*[1], a beaucoup compté. Non pas parce qu'il était féministe, mais parce qu'aucun des travers générés par les normes sociales, y compris de genre, n'échappait à son regard, des jeux de pouvoir jusqu'aux déguisements du langage. Sa précision cruelle sur la description des structures invisibles m'a appris à regarder sous les masques. Il ne m'a pas parlé des femmes, ni de l'égalité avec les hommes. Mais

---

1. Tom Wolfe, *La Bûcher des vanités* [1987], Sylvie Messinger, 1988.

c'est lui qui m'a permis de voir comment nos mondes se tiennent, et à quel prix certaines s'y maintiennent.

J'ai eu un véritable choc en lisant *Moi, Charlotte Simmons*[1]. Je me souviens précisément de cette sensation de nausée qui m'envahit lentement, au fil des pages tournées. Le roman, publié en 2004, raconte l'entrée d'une jeune femme brillante dans une université américaine rongée par l'hypersexualisation, la compétition sociale et le vide existentiel des garçons dominants. Charlotte arrive avec ses livres et sa dignité. Sa naïveté, aussi. Peu à peu, elle se fait broyer. Elle se fait lentement digérer, dissoudre jusqu'à ce qu'elle ne sache plus comment se tenir debout. Ce qui m'a bouleversée, c'est que Wolfe ne la protège pas. Il ne l'épargne pas. Il la montre tomber avec précision et sans affect. C'est cette absence de pathos qui m'a fait comprendre à quel point la violence sociale, notamment la violence de genre, pouvait être silencieuse et mortelle. Peu à peu, Charlotte devient autre. Elle se résigne. Elle se travestit pour survivre... Puis elle abandonne. Et tout le monde trouve ça normal. Tom Wolfe a écrit un roman sur le consentement invisible et sur la perte de soi à force de vouloir tenir. Je crois que c'est à ce moment-là que j'ai pris conscience de quelque chose de fondamental : que les mots du féminisme ne suffisent pas à raconter ça. Il faut une langue plus cruelle. Celle des romanciers.

1. Tom Wolfe, *Moi, Charlotte Simmons* [2004], Robert Laffont, 2006.

J'ai aussi été marquée par le personnage de Charlie Croker, dans *Un homme, un vrai*[1]. Il n'est pas un homme que l'on admire. Mais on ne peut pas non plus totalement le détester, car c'est un homme qu'on voit craquer. Wolfe fait le portrait d'un masculinisme effondré avant l'heure – un homme de pouvoir, d'argent et d'orgueil qui voit tout se déliter. Son entreprise, son statut, son corps, son empire, tout s'effondre. Ce que Wolfe fait là est un geste rare : il montre un homme au bord de l'abîme, non pas pour l'humilier, mais pour le faire apparaître nu. Charlie n'est pas vraiment un monstre. Il est simplement traversé par une fragilité qu'il refuse de dire et qui finit par le rattraper. Ce roman n'est pas féministe, mais il dit la fin d'un monde où seuls les hommes – souvent blancs – décident, dominent et peuvent avoir du succès. Quand j'ai refermé ce livre, j'ai senti qu'il m'avait appris quelque chose d'essentiel : la vulnérabilité masculine peut devenir une faille politique. Et c'est peut-être là que le féminisme devrait porter son regard. Car c'est dans cette faille que surgit le *backlash* masculiniste, mais c'est aussi dans cette brèche-là que pourraient naître l'ouverture et la réconciliation.

Plus tard, James Ellroy a mis en lumière la violence pure et la manière dont une société peut broyer les femmes tout en érigeant leurs cadavres en icônes. Il a défiguré l'image de Marilyn Monroe, et je l'ai lu comme on regarde

1. Tom Wolfe, *Un homme, un vrai* [1998], Robert Laffont, 1999.

un corps que l'on n'arrive pas à recoudre[1]. Il m'a montré l'arrière-scène : l'obsession, la pulsion destructrice. Il m'a forcée à chercher ailleurs ce qui reste d'humain dans le pouvoir masculin. Ce n'était pas du féminisme : c'était un face-à-face avec ce que le monde fait aux femmes quand il ne les aime que captives ou mortes. Chez Ellroy, les femmes sont retrouvées la gorge ouverte, le visage lacéré. Leurs secrets sont éventrés. Leur vulnérabilité est tournée en ridicule. Elles n'ont pas le droit à la parole, encore moins à une pensée autonome : elles hurlent ou elles gisent. Le pouvoir circule au-dessus d'elles, les traverse puis les efface. Il ne reste au bout du compte que leur chair pour dire qu'elles ont été là.

Je me souviens aussi avoir lu et relu Bret Easton Ellis. Il a suscité en moi un autre type de malaise. Non pas celui que provoque une lucidité sociologique, mais celui qui nous saisit en regardant un miroir brisé. *American Psycho* m'a poursuivie[2]. Pas pour les scènes les plus violentes, mais pour ce qu'il y avait autour : l'aseptisation de tout. La vacuité affective, le nihilisme de Patrick Bateman, et la manière dont les femmes n'existaient que comme des surfaces, des objets, des proies aussi. Comme des signes de réussite ou de domination. Ce roman ne portait pas vraiment sur les femmes, mais sur le regard de certains hommes – donc sur celui que porte une part de la société sur la virilité et sur les femmes. C'est précisément pour cela qu'il était nécessaire.

---

1. James Ellroy, *Les Enchanteurs* [2023], Rivages, 2024.
2. Bret Easton Ellis, *American Psycho* [1991], Salvy, 1992.

Plus tard, dans *Lunar Park*, dans *White*, Ellis devient lui-même un personnage paranoïaque et irritable[1]. Pourtant, il est vulnérable… en creux. Ce qui me fascine, c'est qu'il est conscient de sa propre posture d'homme blanc dominant mais abîmé, possédé par ses névroses et incapable d'en sortir. Il voit le mur. Il accélère vers lui. Et il nous emmène avec lui. Je n'adhère pas à sa vision de la société, mais je crois à sa capacité à révéler l'air du temps, y compris dans sa dimension la plus glaçante. Ce que j'ai compris en le lisant, c'est que la haine – même camouflée sous l'ironie – était un symptôme, un révélateur du malaise de nos sociétés. C'était un désespoir transformé en posture. Et qu'il fallait savoir le lire, sans le confondre avec un horizon.

Il y a aussi Houellebecq, bien sûr. Il m'a appris le désaccord. Il m'a enseigné que certaines voix que l'on juge immédiatement infréquentables disent parfois quelque chose qu'il faut entendre, non pour l'approuver, mais pour ne pas devenir aveugle. Il m'a appris que penser contre soi est parfois plus utile que d'être d'accord avec tout par avance. Il m'a aussi montré, à sa manière, ce qu'un homme fatigué du monde projette sur les femmes. Et pourquoi il fallait continuer, malgré cela, à parler et à écrire.

Mais ce sont surtout des femmes qui m'ont inspirée, évidemment (même si j'avoue une légère inquiétude face au constat qu'en 2025, les théoriciens du féminisme sont encore exclusivement

1. Bret Easton Ellis, *Lunar Park* [2005], Robert Laffont, 2005 ; *White* [2019], Robert Laffont, 2019.

des théoriciennes). Non seulement dans les domaines de la recherche, de la philosophie, du témoignage (vous reconnaîtrez sans doute dans ces pages la marque de Sara Ahmed, Lauren Berlant, bell hooks, Audre Lordre, Judith Butler ou encore Donna Haraway), mais surtout en littérature. Elles sont trop nombreuses pour que je les cite sans avoir l'air de travestir leur pensée en gommant leurs divergences. J'en cite quelques-unes dans les chapitres qui suivent.

Dans la musique aussi, j'ai compris des choses. Mylène Farmer, avec son mélange de mystère, de mélancolie et de révolte. Elle n'explique rien, ne se livre jamais. Pourtant, tout est là : la peur, le refus, la force, la négociation quotidienne avec l'effondrement possible. Plus tard, il y a eu bien d'autres artistes qui ne cherchaient pas à prouver ou à théoriser leur féminisme, mais m'ont montré que l'on pouvait l'inventer en avance du monde politique et académique. C'est à travers elles que j'ai compris que l'on pouvait être politique sans slogan et féministe sans le clamer partout ni s'excuser. Que l'on pouvait en même temps avoir des convictions fortes et douter quand même en regardant le monde bouger.

Tous ces récits m'ont formée en bordure. Ils ont forgé une ligne de pensée sans carcan, tournant souvent le dos à l'idéologie. Une sorte de cohérence parcourue de dissonances, bien mieux tolérée dans la pensée anglo-saxonne qu'en France, où l'on aime les cases et les jardins bien ordonnés. Ils m'ont fait avancer, pour comprendre comment tenir dans un monde où il est encore si difficile d'être une femme sans s'excuser. Je n'ai été formatée ni par les bons manuels, ni par les bons enseignants. J'ai toujours pensé à partir des failles, des ambiguïtés, des phrases qui dérangent, des femmes qui ne coïncident pas avec la case ou le rôle qu'on leur impose. Et c'est pour cela, sans doute, que j'ai tant de mal à entrer dans un combat féministe où tout semble déjà cadré. Je cherche les récits qui laissent une place à l'inconfort. Parce que c'est là, toujours, que j'ai compris le plus. Pas dans les certitudes que l'on me proposait, mais dans les doutes que l'on m'autorisait encore à formuler.

Il y a quelque temps, j'ai pris position publiquement dans une affaire qui divisait. Un homme public, mis en cause, que l'on voulait exclure définitivement du débat. Effacer. Je ne l'ai pas défendu par fidélité, mais pour préserver certains principes. Le droit à ne pas être effacé, à ne pas être condamné par avance. Le droit, aussi, à ne pas réduire un individu à ce qu'on soupçonne qu'il a pu faire. J'ai simplement dit que le féminisme ne gagnerait rien à devenir une mécanique de pureté. Pour cela, on m'a cataloguée. Sans violence, mais avec certitude. On m'a dit que je trahissais et que je minimisais. On a pensé que je ne comprenais pas les violences sexistes et sexuelles. Pourtant, je n'avais rien renié. Je tenais simplement une ligne que le militantisme féministe dominant ne voulait plus entendre. Une voix trop désaccordée pour les joutes de plateau, trop nuancée pour les slogans, pas suffisamment spectaculaire pour la case « féministe de combat ».

Ce que j'ai ressenti, à ce moment-là, c'est une solitude particulière, que l'on ne peut pas expliquer à ceux qui regardent vos convictions du haut de leurs certitudes bien arrimées. C'est la solitude de qui veut encore penser, aimerait contribuer utilement au débat, mais refuse de crier ou de performer pour être entendue. Si j'écris ici en bordure, en désaccord parfois, ce n'est pas pour le plaisir de déranger. C'est pour démontrer que les femmes qui ne coïncident pas avec le cadre sont toujours sujettes au soupçon. Trop calme ? On devine la froideur. Trop vive ? L'excès. Trop rigoureuse ? L'arrogance. Trop hésitante ? La faiblesse. Les frontières de la liberté d'expression des femmes sont genrées, nous feignons trop souvent de ne pas le voir.

Il n'y a pas de bon ton pour parler de féminisme avec nuance. Il n'y a plus que des seuils qu'on franchit sans le vouloir… et derrière lesquels attend déjà un diagnostic. Souvent un diagnostic psychiatrique, d'ailleurs, car la psychiatrie a été pendant des décennies la meilleure protection du patriarcat face aux femmes qui dérangent. Ce n'est jamais une opinion qu'on vous reproche, mais la manière dont elle s'incarne. La voix est jugée avant même la phrase. Je prends ce risque. Je veux habiter l'espace que le soupçon condamne d'avance. Et en faire une méthode. Je voudrais qu'il reste un espace pour les femmes qui doutent, pour celles qui hésitent avant de s'indigner. Un espace pour celles dont la loyauté ne se crie pas, qui refusent la mise en scène autant que la guerre de tranchées. Or refuser cette guerre, aujourd'hui, ne nous est plus pardonné. À chaque sujet miné

– et ils sont légion : immigration, laïcité, écologie… –, il faudrait choisir : être disqualifiée, ou bien renoncer à la nuance.

Prenez le voile, par exemple. Ce sujet cristallise à lui seul toutes les impossibilités contemporaines du débat. Il faut se déclarer pour ou contre. Et surtout ne pas douter. Moi, sur ce sujet, je reste souvent au bord. Non par neutralité mais par fidélité à la complexité des mécanismes que j'observe de près. Je suis convaincue, depuis toujours, que le voile est un instrument d'aliénation. Il est le produit d'un ordre patriarcal et religieux qui assigne, enferme et consacre une inégalité symbolique. Mais je sais aussi, pour les avoir écoutées, observées, que certaines jeunes – et de plus en plus jeunes – filles y trouvent un abri. J'ai vu que le voile pouvait être utilisé comme un refuge, un refus du monde tel qu'il les regarde. Il y a mille raisons de se voiler. Je ne les méconnais pas, et j'en condamne la plupart. L'envie d'appartenir, le besoin de sécurité, la pression de l'entourage ou encore la quête de pureté. Mais il y a aussi, et de plus en plus, un rejet instinctif d'un univers saturé d'images, d'affects et de récits réduits à l'état de marchandises, où la nudité est érigée en norme. Ce rejet-là, je l'ai vu ailleurs, au sein de la même génération. Dans un geste que l'on croit très différent, mais qui me semble dire à peu près la même chose. Celui de Billie Eilish, disparaissant dès ses 17 ans sous des vêtements amples, et déclarant : « Je ne veux pas qu'on devine ce qu'il y a sous mes vêtements. » Un refus stylisé, mais clair. Une forme d'autoprotection. Une résistance au poids de nos regards. Les jeunes filles qui disparaissent sous un voile à 14 ans aujourd'hui ne formulent pas tout à fait la même chose, mais expriment souvent la même lassitude. Celle d'être sommées de n'exister qu'à travers leur corps. Nous avons là des milieux et des gestes très différents, mais une même tentative de reprendre la main sur sa propre visibilité. De ne plus être lues, devinées, évaluées, sexualisées. Et face à cela, que fait le monde politique ? Il juge, il oppose, il légifère et stigmatise. On croit libérer par l'interdiction mais, souvent, c'est l'inverse qui se produit. Plus on les rejette, plus le voile devient refuge. Plus on les humilie, plus le voile devient un acte de résistance. Je tiens pourtant à être claire : le voile reste, pour moi, un instrument d'assignation. Mais je crois qu'on ne libère pas par une injonction. On ne corrige pas une contrainte par une autre. La parole politique doit convaincre et désarmer, jamais humilier. Ce que je voudrais, c'est que l'on puisse encore tenir cette ligne-là sans être accusée de crime de lèse-laïcité : refuser absolument le voile, tout en refusant l'humiliation de celles qui le portent. Nommer la domination, mais ne pas mépriser celles qui y trouvent un abri temporaire. Comprendre, avant de corriger. Écouter, avant de trancher. Il ne s'agit pas de céder, encore moins de reculer. Je veux juste refuser qu'une clarté trop lisse prenne la place de la pensée. Je voudrais que l'on puisse encore tenir une ligne qui ne sacrifie ni la lucidité sur les systèmes d'oppression, ni l'attention à celles qui les vivent de manière ambivalente.

Même dans les débats compliqués, très clivants, je ne cherche pas toujours à trancher, ni à convaincre à marche forcée. Je cherche à maintenir un espace. Un lieu où l'on puisse encore penser contre soi-même, contre ses réflexes, contre sa propre histoire parfois, et contre les assignations toutes faites.

Ce livre est une tentative de tenir debout malgré le vertige de vivre l'absurde, dans une époque où les récits s'effondrent et le langage politique ne porte plus. Il faut nommer ce glissement-là. Celui qu'on sent sans toujours savoir bien le dire. Il fut un temps où nous nous disions *désenchantés*. C'était encore une expérience collective. Les cadres communs parvenaient encore à contenir notre expérience du réel. Je crois qu'aujourd'hui, nous sommes surtout de plus en plus nombreux à être *désalignés*. Seuls, sans camp, sans cadre face au chaos du monde. Orphelins des grands récits, des promesses, des héros.

Chacun supporte seul la *charge mentale démocratique* – ce sentiment de naviguer sans boussole dans un espace informationnel saturé et complexe, et de ne plus savoir à qui se fier. Nous sommes peut-être en train, à contrecœur, de faire le deuil de la possibilité de donner un sens à cette époque liquide et complexe. Le progrès tel qu'on nous l'avait vendu est mort, remplacé par une nostalgie qui n'est pas toujours réactionnaire. Certains d'entre nous, de plus en plus nombreux je crois, traînent une forme de *nostalgie du futur*. Celle d'un horizon que l'on a fixé en grandissant, et que l'on voit peu à peu s'effacer dans le brouillard de la modernité. Tout en fixant le vide qui s'ouvre sous nos pieds, nous sommes de plus en plus nombreux à chercher à ne pas trahir ce que nous percevons. À chercher à rester droits, malgré tout, dans un monde qui chavire.

C'est depuis ce désalignement – avec les logiques imposées par l'époque et les causes qu'elle tolère pour mieux les digérer – que je pose ici quelques repères. J'essaie de parler encore, dans un paysage où la parole est pourtant devenue un combat permanent. Où chaque prise de position y est aussitôt relue comme un ralliement ou une trahison. C'est cela, être désalignée. Ne pas m'absenter. Ne pas hurler non plus. Refuser d'être assignée à une posture, un rôle ou une case. Continuer à penser même quand je risque de me tromper.

Tenir une ligne, même si elle paraît oblique. Car de toute façon, notre époque penche.

Ce livre ne parlera sans doute pas à ceux qui ont tout compris. Mais il parlera peut-être à celles et ceux qui continuent de ressentir, de questionner même quand cela complique les choses. Même quand cela dérange. Même quand ça grince. Parce que c'est peut-être de ce grincement-là que naîtra l'avenir du féminisme.

2

Le poids du spectaculaire

Aujourd'hui, tout doit être spectaculaire. Or penser n'est pas spectaculaire. Ma crainte n'est pas que les luttes pour l'égalité deviennent visibles, mais qu'à force de vouloir les rendre visibles, nous ne les ayons rendues *compatibles*. Compatibles avec le rythme des plateaux. Avec les formats imposés, la grammaire du clash et de la confession. Avec l'*extractivisme cognitif*[1].

Je vois le féminisme se glisser dans cette logique. Par nécessité, parfois. Par lassitude, souvent, ou par mimétisme. Il s'est aligné, sans s'en apercevoir, sur les codes de ce qu'il voulait troubler. Je le comprends, car je sais ce qu'il faut d'énergie pour se rendre visible sans y perdre sa langue. Mais je redoute le prix que cette capitulation impose. Loin d'être une victoire, je crois qu'il faut voir là un signal. Ce que je redoute, c'est qu'en cherchant à devenir populaire, le féminisme finisse par devenir inoffensif. Qu'il se contente de valider ce que l'époque tolère : des

1. Processus par lequel les plateformes captent, exploitent et monétisent l'attention et les données mentales des individus.

récits cadrés et des émotions lisibles. Ce que je décris ici a été formulé par la philosophe américaine Nancy Fraser : les luttes pour la reconnaissance peuvent, lorsqu'elles ne sont plus articulées à des enjeux de redistribution ou de pouvoir, devenir conformes aux logiques du capitalisme culturel. Le féminisme, comme d'autres mouvements d'ailleurs, court le risque d'être absorbé par les circuits qu'il voulait déranger. Des circuits qui transforment toute critique en style et toute dissidence en produit. C'est précisément cela, le risque : que la cause devienne décor, et que la colère devienne contenu.

Ce que Fraser a anticipé sur le plan symbolique est aujourd'hui pris en charge par des systèmes automatisés. L'absorption des luttes ne passe plus seulement par des logiques de reconnaissance sociale, mais par des logiques de visibilité pilotées par calcul. Le ministère du Réel n'est plus ni une salle de rédaction, ni un ministère. C'est un moteur de calcul à Pékin ou à Palo Alto, qui décide de ce que vous voyez, de ce que vous ne verrez pas, et de combien de secondes vous avez pour le comprendre. Je ne désigne pas là une nouvelle théorie du complot, mais la réalité du monde dans lequel nos paroles circulent désormais. Or quand un combat devient un produit, il cesse de pouvoir ébranler. Il performe et rassure. Et moi, je cherche un féminisme qui reste vivant parce qu'il échappe à sa propre mise en scène. Je sais ce que ce geste a d'ambivalent. Ce livre lui-même circule dans les circuits qu'il questionne. Il cherche une couverture, une diffusion, des relais, une existence médiatique. Je ne prétends pas parler depuis une extériorité pure. J'écris dans un faisceau de contraintes dont je ne peux m'extraire. Je suis prise, moi aussi, dans le jeu de la visibilité, de l'effet, de la phrase qui doit être mémorisable.

Donc je fais ce que je peux : je désigne le piège de l'intérieur. C'est une ligne de crête, je le sais, que d'essayer encore de faire tenir une pensée nuancée dans un monde qui exige des récits vendables. J'essaie d'écrire depuis cet endroit-là.

Je comprends très bien que des femmes aient saisi les armes disponibles – celles que leur proposaient le système médiatique, l'économie de l'attention et les cadres imposés – pour faire passer leurs messages. Je sais qu'il fallait parfois répondre dans la langue du système pour ne pas disparaître. Mais je crois que, ce faisant, quelque chose s'est perdu. Quels que soient les combats – l'égalité, la liberté, la laïcité… –, l'espace de la pensée sans spectacle, l'espace de l'écrit et du doute est en train de disparaître. On transforme les combats en images. Ce faisant, on sacrifie une part de leur densité. C'est une amputation involontaire. Un déplacement contraint, mais qui finit par nous faire oublier ce que l'on portait vraiment. Et cette mutilation-là me semble grave. Elle conduit à invisibiliser certaines causes et certains maux parce qu'ils ne se portent pas à grand renfort de témoignages calibrés et d'émotions bien étiquetées.

Je pense parfois à Virginie Despentes. L'écrivaine a tenu la parole là où personne ne voulait encore l'entendre. Elle a crié, écrit, secoué avec une force que je ne possède pas, et que je respecte profondément. Ce qu'elle a porté, ce qu'elle a déplacé et arraché à l'époque, je ne l'oublie pas. Mais je fais partie de ceux qui refusent cette grammaire-là. Parce que je pense que le cri, parfois, devient lui aussi un format. Une langue digeste pour les systèmes qu'il voulait détruire. Il y a celles qui disent, frontalement, ouvrent une brèche par la force, déplacent la fenêtre d'Overton – c'est-à-dire les frontières du pensable et du dicible. J'essaie pour ma part de désorganiser par le doute, en pointant la fissure dans un système trop bien huilé. Cela ne m'empêche pas de reconnaître en Despentes un acte de désalignement inaugural. Un geste qui a rendu possible d'autres paroles, même dissonantes.

Aujourd'hui, l'émotion a pris la place de la vérité, et la séquence a supplanté le récit. Ce que l'on attend souvent n'est pas une avancée du débat, mais une image cliquable. Une confession filmée. L'image du remords. Le frisson collectif. Il ne s'agit pas de justice, mais d'une dramaturgie affective[1]. Tout doit se dire au bon moment. À l'instant X. Même la douleur doit être consommable. Ce qui sonne creux est de plus en plus souvent ce qui circule le mieux. C'est peut-être chic de faire du toc. Mais ça ne fait que valider les pires travers de notre époque. Je crois donc qu'il ne faut pas que nous remplacions la parole

1. Dramaturgie affective : mécanisme par lequel une cause ne devient audible que si elle se plie aux codes émotionnels dominants (confession, frisson, indignation performée). Le récit remplace l'analyse, l'image remplace la pensée. C'est votre capacité à produire une émotion parfaitement découpable en extraits TikTok qui compte.

juste par la douleur rentable. Or, je le vois bien, les lieux du débat politique sont en train de se déplacer, de glisser hors des cadres classiques. Certains journalistes le pressentent quand ils ou elles déclarent leur lassitude du jeu artificiel de l'interview politique. Plus grand monde ne se forge une opinion dans la presse écrite, les grands rendez-vous cathodiques et les interviews radiophoniques touchent de moins en moins nos concitoyens, ou seulement s'ils se plient aux grilles de lisibilité imposées par les GAFAM. La fuite de la parole vers les plateformes – la *plateformisation de la parole politique*[1] – induit des règles de visibilité auxquelles les médias traditionnels ne peuvent que se conformer, que ce soit par réflexe de survie économique ou par lassitude. Alors la déontologie cède, et la retenue aussi.

Ce ne sont plus les éditorialistes qui hiérarchisent les sujets. Ce sont les algorithmes. Ce ne sont plus les formats longs qui donnent la légitimité, mais les formats lisibles par une IA entraînée sur TikTok. On peut faire son métier parfaitement dans un média… mais cela ne changera rien si 95 % des trajectoires attentionnelles

1. Cette analyse de la « plateformisation du débat public » s'appuie sur les travaux de José van Dijck, Thomas Poell et Martijn de Waal (*The Platform Society*, Oxford University Press, 2018) qui montrent comment les infrastructures numériques reconfigurent les interactions sociales selon des logiques commerciales. Nous prolongeons leur réflexion en examinant spécifiquement les effets de cette transformation sur la parole politique féminine et les conditions de l'empathie comme outil démocratique.

du public passent ailleurs. Le vrai pouvoir aujourd'hui appartient à celui qui décide de ce qui apparaît sur votre écran pendant que vous n'avez rien demandé. Et ce n'est ni un journal, ni même un éditeur. C'est une série de calculs opaques, entraînés à maximiser l'effet de capture. Ceux qui refusent de voir cela sont en train de devenir les nouveaux décorums de l'Ancien Régime.

Je dois bien avouer que j'ai parfois l'impression de vivre dans un monde où l'on félicite ceux qui continuent à jouer de l'accordéon sur le pont du *Titanic*, pendant qu'on prend pour des fous ceux qui comptent les canots de sauvetage. L'absurdité administrative est en roue libre. Sur les plateaux des chaînes info, on commente du commentaire, en espérant ainsi provoquer des réactions à commenter. Les responsables politiques, quant à eux, sont trop occupés à recoller les morceaux de leur réputation pour gouverner – sans comprendre que l'expropriation de soi par l'intelligence collective est désormais une condition indépassable, qui ne peut donc qu'être radicalement acceptée. C'est de cette acceptation-là que sont nés mes « fragments de survie médiatique » : je n'essaie plus de vous empêcher de me déconstruire et de me déposséder de mon image. Désormais, je participe.

Mais pendant que vous lisez ceci, tout s'accélère. Et à cette vitesse-là, on ne se rend même plus compte de ce que l'on a perdu. Or, notre perte de souveraineté ne réside pas simplement dans la fuite des usines. Ni dans une invasion, un « grand remplacement ». Ce n'est même pas la faute de Bruxelles, comme le prétendent les populistes. La souveraineté qu'on nous arrache, c'est le temps de regarder où se trouve ce qui nous gouverne. C'est notre *souveraineté cognitive*[1].

C'est la dictature des nouveaux rythmes et formats du politique qui fait que l'on a commencé à demander aux femmes de tout dire pour rendre audible leur combat pour l'égalité. On leur a demandé de se raconter. D'incarner leur point de vue pour percuter. Puis on a commencé à juger leur parole à l'aune de leur émotion. L'indignation retenue est devenue suspecte et la réserve perçue comme un retrait. Peu à peu, ce n'est plus ce qu'elles disaient qui comptait, mais ce qu'elles donnaient à consommer. On croyait ouvrir un espace de parole pour les femmes, mais on a ouvert un *marché de l'authenticité*. Ce que plusieurs penseuses féministes[2] ont déjà

---

1. Mon concept de « souveraineté cognitive », que j'ai inventé pour ce livre, s'inscrit dans le prolongement des analyses de Shoshana Zuboff sur le « capitalisme de surveillance » (*L'Âge du capitalisme de surveillance* [2019], Zulma, 2020), qui démontrent comment l'extraction de données comportementales transforme l'expérience humaine en matière première pour la prédiction et la modification des comportements futurs. Mon approche étend cette analyse au champ politique en montrant comment la captation attentionnelle restructure les conditions mêmes de la délibération démocratique.

2. Sur la mise en marché des récits de douleur, plusieurs penseuses féministes ont proposé des cadres critiques : bell hooks a dénoncé le *trauma porn* (*À propos d'amour : nouvelles visions* [2000], Divergences, 2022), Angela McRobbie a décrit l'absorption du féminisme par les logiques néolibérales (*The Aftermath of Feminism*, Sage, 2009) et Eva Illouz a analysé la conversion des émotions en capital social (*Les Sentiments du capitalisme*, Le Seuil, 2006). On peut ajouter les travaux de Zizi Papacharissi (*Affective Publics*, Oxford University Press,

nommé *trauma porn* ou *confession economy* : une mise en marché de la douleur, calibrée pour circuler dans les réseaux, mais souvent vidée de sa capacité transformatrice. La parole libérée est devenue une nouvelle forme de mise en scène émotionnelle, donc d'enfermement. Des penseuses comme Eva Illouz ou Angela McRobbie ont montré comment les émotions et notamment les récits de vulnérabilité féminine sont absorbés par les logiques du capitalisme émotionnel. Ce qui s'annonçait comme une libération devient alors, paradoxalement, une injonction performative. Dans le même temps, on a demandé aux hommes mis en cause de se justifier. En direct. On leur a demandé de produire une posture, une scène consommable par les foules numériques. La confession est devenue preuve et le moment d'aveu est attendu comme une séquence de rédemption immédiate. On ne cherche pas la vérité, mais le frisson de l'aveu. La vibration émotionnelle qui pourra être découpée, postée, puis commentée ou likée. Il s'agit moins de réparer que de produire du flux.

Je refuse de croire que l'on puisse avancer vers la justice en jouant avec les outils du divertissement. Je ne veux pas que l'on exige d'un homme fautif qu'il s'efface ou qu'il s'effondre publiquement. Ni que l'on vende des larmes comme on vend du gel douche. Ce théâtre ne soigne pas, il détruit. Même quand il est bien intentionné. Surtout s'il l'est.

2014) sur l'émotion politique en ligne, et de Safiya Umoja Noble (*Algorithms of Oppression*, NYU, 2018) sur la reproduction algorithmique des dominations.

L'économie des réseaux a également réactualisé une mécanique politique terrifiante : l'effet de meute. Il m'inspire une forme d'horreur instinctive. Mon refus précède d'ailleurs souvent ma pensée. Quelque chose de profond, presque archaïque en moi se cabre au moment où le groupe devient unanime dans l'accusation. Dès que la parole se met à tourner en boucle autour d'un nom que l'on cloue ou d'une figure qu'on disqualifie. Je ne parle pas ici de la colère légitime, ni de la parole qui se libère. Celle qui dénonce ou qui résiste. Je parle du moment d'après, quand la parole devient *rage groupée*.

Or je veux encore croire que l'on peut être féministe tout en ayant les lapidations numériques en horreur. Je crois que l'on devrait pouvoir défendre les victimes sans pour autant promouvoir un activisme absorbé par les logiques numériques et la dictature de l'émotion. Ce que je cherche encore, pour ma part, c'est un *féminisme habitable*[1] pour celles et ceux qui ne parviennent pas à trouver leur place dans ce que produisent la caricature médiatique et la brutalité politique.

La parole juste est souvent sans image. Elle ne fait pas audience et ne plaît pas à l'algorithme. Elle ne se partage pas bien. Mais elle peut troubler. Lentement, mais durablement. C'est cette parole là que je cherche ici. Je veux la croire

---

1. J'entends par « féminisme habitable » une approche qui permet à celles et ceux qui ne se reconnaissent pas dans les récits militants dominants d'y trouver néanmoins une place, un cadre ouvert au doute et à l'ambivalence.

encore possible. Parce que si nous renonçons à cette parole-là, alors nous renonçons à tout ce que le féminisme avait de subversif au départ. Nous ne défaisons plus le système : nous lui offrons de nouveaux visages, mieux cadrés et mieux distribués. Ce ne sont pas les rapports de domination qu'il faudrait inverser. C'est la domination elle-même que je souhaiterais rendre impossible, par désactivation plutôt que par conquête. Je crois qu'il faut, dans le débat public, des paroles qui ne cherchent pas l'accord immédiat, mais qui tentent de laisser un espace pour un désaccord non disqualifiant. C'est moins une stratégie qu'une manière d'exister quand les autres formes d'expression ont échoué à parler à toutes celles et ceux qui refusent la guerre de tranchées. Ceux qui vivent avec la tentation de déconnecter, de mettre à distance les médias trop bruyants comme les partis trop dogmatiques. Peut-être qu'un jour, celles qui façonnent aujourd'hui la scène audible du féminisme verront que la ligne que je tiens n'est pas une trahison. C'est un écho, une dissonance loyale. Je ne suis pas contre le fait que des femmes accèdent au pouvoir. Je suis contre un pouvoir qui resterait structuré par les logiques de domination, même s'il change de visage. Ce pouvoir-là doit être déconstruit. Et le féminisme m'a donné les outils pour le faire.

Fragment de survie numérique 1

Cannes : cinq heures sans Wi-Fi, vingt ans de thérapie

Je me trouvais à Cannes, le dernier jour du Festival. Soirée de clôture, tapis rouge, bulles tièdes, gens très maquillés qui parlent de films qu'ils n'ont pas vus. Bref, tout allait bien.

Et là : panne générale. Coupure d'électricité. Plus de réseau. Plus de notifications. Plus rien. Rien. Pas de *live* BFM. Pas de tweet incendiaire. Pas même une *story* mal cadrée de Sandrine Rousseau en train de s'indigner devant un buffet de charcuterie.

Juste moi, mon téléphone mort et mon cerveau qui redémarrait lentement comme un vieil ordinateur sous Windows 98.

Pendant cinq heures, j'ai cru mourir. Pas physiquement. Numériquement. J'ai expérimenté ce que j'appelle désormais une NDE : *near-disconnect experience*.

Un mélange d'angoisse, de déni, puis de phrases entières qui se forment sans que personne ne les *like*. Terrifiant. J'ai regardé autour de moi. Les autres étaient figés, comme dans un *reboot* de *Black Mirror* version Canal+ :

« Tu as capté un signal ?

— Non. Mais j'ai encore 4 % de batterie… Tu veux un selfie d'adieu ? »

Et là, révélation : je n'étais pas accro à mon téléphone, j'étais possédée par lui. Je n'étais pas

« connectée au monde ». Le monde était branché sur ma dopamine.

Et j'appelais ça « être informée ».

Depuis ce soir-là, je vois les choses autrement. Quand quelqu'un me dit : « Tu devrais te reconnecter », je lui réponds : « Non merci, je suis sobre depuis Cannes. »

C'est là que j'ai compris ce que j'allais écrire. Pas un livre pour dénoncer. Un livre pour désintoxiquer. Un défibrillateur cognitif. Et si la souveraineté, la vraie, commençait non pas par « Je vote, donc je suis », mais par « Je pense encore, donc j'existe » ?

Voilà. Cannes 2025 : cinq heures de black-out. Moi, au milieu, qui me réveille. En sueur. Sans filtre. Avec une pensée 100 % bio.

3

Dépassée

Il y a des moments qui ne font pas événement. Mais ils déplacent. Des soirs sans drame, sans mise en scène de rupture… et, pourtant, quelque chose s'y fissure, presque sans bruit. Ce soir-là quelque chose a changé. Non pas dans ce que je voyais, mais dans la manière dont j'ai vu que les autres ne regardaient plus les mêmes visages que moi. Un déplacement discret de la focale collective.

Ce n'était qu'un concert. Un de ces soirs où la musique sert de diversion, où les puissants se retrouvent dans les loges et échangent des sourires polis. Ils guettaient le moment de dire : *j'y étais*. Autour de moi, des élus, des patrons, des figures publiques. Celles qui ont un jour incarné quelque chose. Nous guettions l'apparition de la star du jour : Billie Eilish. Première *pop star* mondiale née au XXIe siècle. Quatrième artiste la plus écoutée au monde sur Spotify au moment du concert (et deuxième femme, derrière Lady Gaga). L'icône d'une génération, la génération Z, que nos dirigeants peinent à décrypter mais inondent d'injonctions contradictoires. On murmurait, on attendait. La salle frémissait à peine, chacun cherchait son meilleur profil à poster pour immortaliser une scène qu'il ne regarderait qu'à travers un écran.

Et puis, soudain, sans prévenir, le sol symbolique a changé. Comme un plancher invisible qui se dérobe. Face à nous, le parterre entier s'est retourné vers les gradins. Des cris, des applaudissements. Une ferveur est montée d'un seul coup. J'ai cru d'abord à une illusion : on reconnaissait encore les politiques à vingt ans ? Mais mon voisin, trentenaire, m'a soufflé à mi-voix : « Je crois qu'ils applaudissent les influenceurs au-dessus de nous. Je ne les connais pas. Je n'ai que trente ans mais je suis largué. » Avec mes sept ans de plus, j'ai eu le sentiment d'être une octogénaire en stage d'observation. J'ai levé les yeux. Et là, dans les gradins surélevés, des visages jeunes, parfaitement éclairés par les téléphones. Des silhouettes stylisées. Je n'en reconnaissais aucune. Ça aurait pu être Lena Mahfouf (cinq millions de *followers* sur Instagram), Michou (dix millions sur YouTube), Inoxtag (douze millions) ou d'autres figures d'un panthéon que je ne connais pas, mais que le public acclame. Ils ont des millions de *followers*. Assez pour être élus dans n'importe quelle circonscription. Mais ce n'était pas une élection, c'était mieux : une reconnaissance immédiate, sans conditions et sans annonce. Ils riaient doucement car ils savaient. Ils savaient que c'était pour eux.

Tout à coup, je ne me suis plus sentie appartenir au présent du monde. J'ai failli applaudir, moi aussi. Par réflexe. Pour ne pas paraître trop lente, trop désynchronisée avec l'époque. Mais je ne savais même pas qui applaudissait qui. En bas, dans la fosse, personne ne regardait les élus ou les grands patrons à mes côtés. C'est là que j'ai compris : le pouvoir a changé d'axe[1].

Il ne réside plus dans les lois, ni dans les discours, ni même dans les décisions gouvernementales. Il s'est glissé ailleurs : dans les algorithmes, dans la reconnaissance visuelle immédiate, la capacité à incarner un récit en trois secondes. Le centre s'est déplacé et, moi, je cherche encore la page où il s'écrit. Ce soir-là, j'ai vu une génération acclamer ceux qu'elle a appris à regarder. Ni ceux qui gouvernent, ni ceux qui pensent. Juste ceux qui savent produire une présence qui fonctionne dans le flux, qui clignote dans un espace numérique saturé. Ceux qui savent scénariser une existence à haute compatibilité sociale. J'ai alors su, sans colère ni nostalgie mais avec un décrochage presque physique, que la politique telle que je l'avais connue avait cessé d'être le centre de gravité. Elle est encore là, bien sûr. Elle décide parfois, organise encore et écrit des lois. Mais elle n'imprime plus le récit dominant. Le monde ne s'est pas effondré. Il s'est déplacé. Je crois que, dans cette loge-là, le monde d'avant a continué, même s'il n'était déjà plus au centre.

1. Ce glissement de la légitimité politique vers des formes de reconnaissance algorithmique rejoint des analyses formulées par Bernard Stiegler (*La Société automatique*, Fayard, 2015), Hartmut Rosa (*Rendre le monde indisponible*, La Découverte, 2020), ou McKenzie Wark (*Capital Is Dead*, Verso, 2019) sur le déplacement de l'autorité dans des régimes post-institutionnels. Ce chapitre n'en constitue pas une démonstration, mais une perception.

Je n'ai pas de certitude militante ni de doctrine à faire valoir. Mais je sais reconnaître la sensation de n'être plus tout à fait au bon endroit dans l'Histoire. Ce soir-là, en regardant le monde d'hier devenir illisible socialement, au cœur d'un concert pop que je croyais périphérique, j'ai senti que j'étais, moi aussi, avec mes livres et mes idées politiques un peu bizarres, en *sursis symbolique*. J'ai senti que mes mots n'étaient plus arrimés au regard social dominant. Ce n'était pas vraiment une chute. Juste un désajustement lent. Et cette sensation-là, je la connais. Elle précède toujours l'écriture.

Fragment de survie médiatique 2

Fatigue de coïncider

Depuis ce soir-là, je vois plus clairement les visages que le monde attend que je porte. Un jour, une amie m'a dit : « On me demande parfois : "Elle est sympa en vrai, Chloé Morin ?" » Je n'ai pas su comment réagir, car la question en disait plus long sur mon image que sur ma personne. J'ai souri. C'est un réflexe quand je sens qu'on va me disséquer en civil. J'ai noté la phrase mentalement. Puis je me suis demandé : qu'est-ce que ça veut dire « être sympa en vrai » quand on est politologue ? Est-ce que ça veut dire que je devrais avoir l'air plus molle dans mes tribunes ? Ou mieux coiffée dans mes doutes ? Est-ce que ça veut dire que je devrais enfin coïncider avec ce qu'on attend de moi ?

Je suis cette personne à qui l'on dit souvent : « Tu fais un peu peur au début, mais en fait, tu es assez drôle. » Comme si l'on découvrait qu'un arbre avait de l'autodérision. Comme si j'avais raté la dernière mise à jour de la convivialité sociale. On m'a dit que j'étais froide. Puis que j'étais trop affective, mais que ça ne se voyait pas (ce qui est, paraît-il, pire). On a dit : « Elle est trop médiatique », mais « pas assez clivante pour faire une bonne télé ».

Trop visible pour être obscure, trop discrète pour être populaire, trop cérébrale pour être aimable, et pas assez radicale pour être détestée avec panache.

Un jour, j'ai été contactée sur LinkedIn par une « designer de marque personnelle ». Elle me proposait de m'aider à travailler mon « marketing personnel ». J'ai envisagé de décliner poliment. Puis d'accepter par curiosité. Finalement, je pense qu'il vaut mieux confier mon marketing personnel aux amateurs de fiction participative. Au moins, eux ont assez d'humour pour transformer ma vie en feuilleton socio-métaphysique à ciel ouvert, et pour recycler mes dilemmes existentiels en mini-épisodes d'une série dont je ne suis ni l'héroïne ni la cible.

J'ai été trop lente pour les formats courts. Trop jeune pour être prise au sérieux. Trop vieille pour jouer la carte de la jeunesse incomprise. Trop neutre pour faire peur. Trop féministe pour ne pas être ramenée à ses hormones quand elle questionne. Pas assez victime pour être sanctifiée. Pas assez offensive pour qu'on me crame.

Un jour, j'ai googlisé mon nom pour comprendre qui j'étais devenue. J'ai tapé : « Chloé Morin ». Le moteur m'a proposé : « Chloé Morin mari ? … père ? » Comme si ma seule trajectoire pensable passait par un homme. Comme si l'algorithme cherchait d'abord à me raccrocher à un masculin pour me rendre identifiable. J'ai pensé : *En fait je suis un satellite affectif qui s'obstine à croire qu'il peut avoir une pensée autonome*. J'ai fermé l'ordi, j'ai pris mon sac, direction la boulangerie. J'ai choisi un flan pâtissier. Pas un millefeuille, trop freudien. Pas une religieuse, trop ironique. Le flan : plat, jaune, démocratique. Je l'ai planté sur la table de ma cuisine. Je l'ai contemplé comme un oracle sucré. Et j'ai pensé : *Si je mange ce flan, j'existe encore*. Sujet. Objet. Alimentaire, mon cher Watson. J'ai mordu. Il avait le goût exact de ma dignité réduite à 2,80 euros la part. J'ai rigolé. Et j'ai fini par me dire que, flan ou pas, j'étais au moins une héroïne de pâtisserie postféministe.

Je ne suis pas en guerre. Je suis en flou tactique. Je ne joue pas un rôle. Je tiens un fil.

Je suis un peu fatiguée. Pas de me défendre, ni d'argumenter. Fatiguée de devoir coïncider[1]. De devoir toujours paraître pensée compatible avec l'époque, formatée pour rassurer les deux bords, prête à encaisser les « tu devrais sourire plus », *likable* sur Instagram… sans jamais perdre la verticalité des phrases longues. Une nuit, j'ai même rêvé que j'étais invitée sur un plateau télé en tant que personne à angles arrondis. On m'avait installée entre un polémiste en feu et un influenceur gestionnaire de colère. Mon rôle était d'être tiède avec grâce. Je distribuais des diagrammes. Un invité m'a félicité pour mon absence de couleur idéologique.

C'est pour ça que j'écris. Pas pour corriger l'image. Ni pour me rendre « sympa en vrai ». Mais pour laisser une trace qui n'ait pas besoin de sourire pour passer.

---

1. La « fatigue de coïncider » nomme l'épuisement ressenti face à l'injonction d'être conforme à l'image que l'on projette, aux attentes sociales ou aux récits dominants – sans marge pour le doute ou l'écart.

4

La dictature des formats

Un soir, je discute avec une amie – une stratège politique endurcie, issue de ce monde ancien où la gauche et la droite de gouvernement pouvaient encore s'affronter sereinement parce qu'elles partageaient la certitude d'incarner, tôt ou tard, l'alternance. Elles savaient que leur camp reviendrait, donc chacun serrait les rangs. La meute des egos finissait toujours par s'aligner dans l'élan de la conquête, avant de se diviser dans l'exercice du pouvoir. Et cela suffisait : à discuter, négocier et accepter les institutions telles qu'elles sont. Nous parlons de 2027. Cette présidentielle s'annonce comme un saut dans l'inconnu, un théâtre dont nous ne connaissons encore ni le décor ni les acteurs. Elle me glisse, à voix basse, comme une intuition modérée : « Tu verras. Cette campagne finira en union nationale de la gauche et de la droite pour barrer la route aux extrêmes. » Je réfléchis un instant. L'idée ne me rebute pas, elle m'aurait même semblé sensée il y a encore quelques années. Pourtant, je me tais car la pensée qui me vient est trop triste à formuler. Trop brute pour être accueillie sans inquiétude. Je l'ai gardée pour moi, comme on garde une image trop noire pour une conversation entre alliés. Mais j'aurais voulu lui dire : « Tu sais, cette union nationale-là, elle ne ressemble pas à un sursaut. Elle ressemble à un repli stratégique sur un glacier menacé par la fonte. C'est l'ultime étape avant la disparition. »

Depuis que j'observe le jeu politique, je vois l'espace allant des écologistes jusqu'aux gaullistes se rétracter. Moins dans ses idées que dans son poids électoral. Et, surtout, dans sa lisibilité. Cet espace-là, central mais en passe de devenir périphérique, se replie comme une mer qui se retire sans bruit. Les modérés deviennent peu à peu inaudibles. Les républicains, les réformistes, les démocrates de gauche et de droite sont traités comme des vestiges d'un monde dépassé : ils parlent encore, mais les ondes sur lesquelles ils essaient d'émettre trouvent de moins en moins de récepteurs.

Je crois que la crise que nous traversons n'est pas seulement liée à un déficit d'idées et de visions, à « une crise de l'offre politique », diraient les politologues. Non, nous vivons une mutation tectonique des formes autorisées de présence. Une recomposition brutale des formats de visibilité. Le fond ne compte plus guère : désormais, il faut battre au rythme du dispositif. Non pas ouvrir une réflexion, mais déclencher une réaction. Et ceux qui ne dansent pas au bon tempo, ne postent pas les bonnes photos, glissent en dehors du cadre. Même s'ils pensent juste.

Même s'ils sont sincères. Par « format », j'entends ici non seulement la forme de l'émission ou de la tribune, mais aussi celle du récit militant, du tweet politique ou du clip de campagne. Un fond coloré, une phrase percutante, une vidéo de douze secondes. C'est ça, aujourd'hui, un message politique. Et s'il ne choque pas, il passe sous le radar. D'un discours de trente minutes, le système ne digère plus – au mieux – que quelques *punchlines*. La légitimité des acteurs publics ne se fonde plus sur la force de leur pensée, mais sur leur capacité à être performée selon les normes en vigueur. Une dramaturgie affective que nous n'avons même plus le temps de questionner, car nous sommes trop occupés à produire du soi sur les réseaux pour tenter de ne pas disparaître.

Depuis quelques années, je vois des intellectuels se radicaliser pour continuer à être vus et lus. Ceux qui, comme moi, essaient de résister se radicalisent malgré tout dans le regard de ceux qui les lisent. On retient leurs angles, jamais leurs nuances. On leur prête des ruptures qu'ils n'ont pas faites, on leur invente des ennemis qu'ils n'ont pas désignés et des alliés dont ils se passeraient bien. Il suffit qu'ils n'aient pas changé de place pour paraître déjà déplacés. Les formats dominants ne permettent plus à la nuance de se frayer un chemin. Il vous faut tout énoncer en mots simples et provoquer des affects directs. La lenteur d'une pensée devient suspecte. Dire quelque chose à contretemps est perçu comme une provocation et vous condamne à ne pas être entendu ou à devenir une cible. Tout ce qui est décalé du rythme effréné de l'actualité est lu comme une anomalie. Les médias qui s'efforcent d'occuper l'espace de la nuance sont, quant à eux, systématiquement caricaturés : tantôt « trop wokes » parce qu'ils accueillent la contradiction jusqu'aux représentants de La France insoumise (LFI), tantôt trop droitiers alors qu'ils cherchent simplement à maintenir une forme de pluralisme interne.

Ce phénomène est aussi visible à travers ce que deviennent les figures politiques dites « raisonnables » ou « modérées » dès qu'elles tentent de prendre part au débat sans céder aux codes du clash. Édouard Philippe, par exemple. Un homme de la droite républicaine, pondéré, souvent complexe dans ses diagnostics mais constamment renvoyé par les commentaires à sa tiédeur supposée. Trop complexe pour les formats courts. Trop prudent pour les chaînes d'info. Il n'est pas taillé pour la viralité. En réalité, il parle encore. Il écrit, parcourt la France et pense. Mais ce qu'il dit ne percute pas dans le théâtre algorithmique. Il finit donc par chuter, lentement mais sûrement, dans les sondages d'opinion. Son équivalent à gauche, Raphaël Glucksmann, est davantage audible sur les réseaux grâce à une stratégie habile de mobilisation des jeunes autour de causes à forte résonance émotionnelle… mais il n'en est que plus violemment attaqué encore. Il mène ses combats avec constance, sur les Ouïghours, sur l'Ukraine ou la démocratie. Mais il est devenu, dans la bouche des militants de la gauche radicale sur les réseaux, une cible qu'il est plus urgent d'atteindre que l'extrême droite elle-même. Glucksmann incarne sans doute trop bien, à leurs yeux, l'espace qu'ils espèrent voir disparaître d'ici à la prochaine élection présidentielle : celui de la politique qui pense sans trancher trop vite. Un camp rendu de moins en moins lisible par l'alliance objective des populismes des deux bords et des logiques de visibilité algorithmiques.

Je pourrais poursuivre la démonstration avec d'autres figures. David Lisnard : trop conceptuel pour des formats de trente secondes, trop attaché à la complexité pour passer dans la boucle des réels. Xavier Bertrand : trop modéré pour une droite qui s'aligne sur les codes de l'indignation continue, chauffée à blanc par le tempo de CNews. Olivier Faure : trop lent, trop mesuré pour embraser les flux numériques où l'émotion doit précéder la pensée. Bref, à l'heure de la post-politique, moins il y a de pensée, plus ça plaît. Donc l'espace central disparaît.

Tout cela n'émane pas d'un problème de personnes, d'offre politique, ni même de qualité des projets, non. Cela révèle un problème de structure. Le débat public ne se réduit plus au cadre imposé par les médias dits « traditionnels », comme trop de commentateurs feignent encore de le croire pour mieux ignorer leur propre obsolescence symbolique. Le cadre du débat a cessé d'être un lieu habitable pour les idées qui ne rentrent pas immédiatement dans un camp émotionnel compatible avec ce que les algorithmes valorisent. Il faut choquer ou consoler. Jamais ralentir. La parole politique qui ne cherche ni la domination ni la simplification ne perce plus. On ne l'écoute plus. C'est ainsi que les discours extrêmes s'emploient à refermer l'espace médian, avec la complicité des formats dominants. Cette mécanique réorganise nos affects autour de la lisibilité. Avoir quelque chose à dire n'est plus suffisant, il faut surtout savoir le dire *d'une manière identifiable*, conforme à un récit déjà validé par les codes de la viralité.

Les acteurs du débat public doivent donc en permanence se redéfinir en fonction des codes imposés. Leur parole est triée par anticipation. Il faut désormais se tenir dans une case et, surtout, ne plus en sortir. Ne pas douter, ni changer d'avis. Or ce que je pense aujourd'hui n'est pas forcément ce que je penserai demain à la lumière de faits nouveaux. Je ne le vois pas comme une instabilité, mais comme une forme de rigueur. Mais de plus en plus souvent, je m'aperçois que ma pensée est déjà classée avant même de se former. On classe pour se rassurer. On juge pour ne pas douter, car douter est inconfortable et, dans une guerre de tranchées, il vaut mieux avoir des appuis fixes. Ce découpage-là m'effraie. J'aimerais qu'on ne lise pas dans mes silences ce que je n'ai jamais dit. Les étiquettes sont devenues des raccourcis de lisibilité qui permettent de trier plus vite que de comprendre. Comme le filtre d'algorithmes, elles rendent certaines paroles immédiatement identifiables et laissent les autres hors champ, non référencées, donc non entendues. L'espace public fonctionne de plus en plus comme un espace algorithmique dans lequel seules subsistent les figures sursignifiantes, archétypales. Les autres disparaissent dans l'angle mort de la lisibilité sociale. Bien plus qu'un simple déplacement de formes, c'est un renversement ontologique : ce qui rendait autrefois une parole valable – sa cohérence et sa solidité – est en train de devenir un défaut. Le langage public bascule d'un régime de transmission vers un régime de captation. La parole ne construit plus : elle capte l'attention.

Dans l'espace numérique, il n'est donc même plus nécessaire de censurer. Il suffit de ne pas montrer. Les machines trient ce qui est partageable et invisibilisent les pensées incompatibles. Le trouble est flouté. Le doute, invisibilisé. La dissonance est interdite.

C'est ainsi que, pendant que certains théorisent une invasion venue de l'extérieur, une autre forme de colonisation a lieu en silence et dans l'indifférence générale : une colonisation intérieure. Notre *souveraineté cognitive*[1] est confisquée par une modération automatisée. En 2023, Meta a supprimé *plus de six cents millions de publications* par des systèmes algorithmiques[2]. Moins de 1 % d'entre elles ont fait l'objet d'un recours humain. Le désaccord et la dissidence ne disparaissent pas parce qu'on les combat. Ils disparaissent parce qu'ils deviennent invisibles dans l'économie du visible. Nous ne nous en rendons même pas compte, parce que nous ne manquons jamais de contenus à scroller. À ceux qui pensent encore que

1. Par « souveraineté cognitive », j'entends la capacité de chacun à préserver son autonomie de pensée et d'attention face aux logiques de captation algorithmique et de saturation médiatique.

2. *Meta Transparency Report*, Q4 2023. Près de 97 % des suppressions sont initiées automatiquement, sans signalement humain.

les médias traditionnels sont capables de résister à cette logique, je réponds la chose suivante : en France, près de 75 % des 18-34 ans s'informent aujourd'hui via les réseaux sociaux, contre seulement 21 % en 2013. Les réseaux sociaux sont déjà, depuis l'année 2025, la première manière de s'informer aux États-Unis. Nous n'y sommes pas, mais nous suivons la même pente. Ce ne sont déjà plus les journaux qui font l'opinion de ceux qui voteront demain et détiennent en partie la clef de la prochaine élection présidentielle. Ce sont les logiques de visibilité algorithmique[1]. D'ailleurs, l'espace médiatique traditionnel n'est pas imperméable à la logique algorithmique. Il est déjà en partie largement dominé et contaminé. Car à force de devoir exister dans des formats calibrés pour l'attention – pastilles, extraits, *punchlines* –, même les journalistes les plus sincères finissent par chercher ce qui rentre dans le cadre. Le journalisme devient un algorithme à visage humain, contraint de se calibrer pour survivre dans la concurrence acharnée pour la visibilité.

Les journalistes doivent exister dans des formats, dans des fenêtres d'audience, dans des grilles de publication. Ils savent que ce qui ne circule pas meurt, et que ce qui ne se partage pas s'efface. Alors même l'analyse est de plus en plus souvent sommée de frapper. Même la nuance doit clignoter. C'est ainsi que notre époque digère peu à peu la vérité, pour la remplacer par du contenu scénarisé, performant… mais pas vrai. Finis les penseurs, voici venue l'ère des influenceurs.

---

1. Reuters Institute, *Digital News Report*, 2023.

Dans ce paysage, j'aimerais encore pouvoir refuser de me rendre constamment conforme à des catégories qui ne m'ont jamais représentée. Je tente de rester là, dans cet interstice entre ce qui ne se dit plus et ce qui se dit trop, entre le vacarme numérique et le silence, parce que c'est là que l'on peut encore essayer de bien voir ce qui se dérobe quand on ne prend plus le temps. Je crois que si nous voulons sauver ce qui peut l'être de la démocratie telle que nous la connaissons, nous devons résister à cette époque qui *snacke du sens* – c'est-à-dire qui consomme des microdoses de contenu émotionnel sans jamais digérer une pensée complexe.

Comme les plats précuits, les contenus actuels saturent sans nourrir. Ils stimulent, mais ne transforment rien, et il n'en reste aucune trace durable en nous. L'économie de l'attention fonctionne aujourd'hui comme l'industrie agroalimentaire fonctionnait avant qu'elle ne soit régulée : elle « bypasse » nos signaux de satiété pour mieux nous gaver. Chaque notification, chaque scroll et chaque réaction émotionnelle déclenchée par un post ou une image fonctionnent comme une mini-récompense. Et à force d'être nourris de micro-émotions prêtes à consommer, nous perdons notre capacité de soutenir une pensée longue et complexe. Une étude de Nielsen montre que l'Américain moyen passe plus de onze heures par jour exposé à des écrans mais ne retient que 5 % de ce qu'il a vu[1]. Des chercheurs en

1. Nielsen, *Media Use & Attention Study*, 2022. Temps d'écran moyen quotidien aux États-Unis : 11 h 06. Taux de rétention mémorielle inférieur à 5 %.

sciences cognitives ont montré qu'au-delà d'un certain seuil d'exposition, notre cerveau bascule en « mode balayage » : il n'analyse plus, il zappe. C'est cela que l'économie de l'attention monétise : non pas notre capacité à comprendre, mais à nous gaver jusqu'à saturation.

Aujourd'hui, tous les gouvernements luttent contre le *snacking* et l'obésité, mais nous laissent snacker du sens toxique et nous abrutir en permanence. Nous vivons dans la surstimulation cognitive, la *junk information* et l'hyperfragmentation émotionnelle, mais nous faisons comme si le débat public pouvait se poursuivre sereinement, comme avant. Or, si l'on accepte les effets délétères de TikTok ou du *scrolling* politique, c'est parce nous les pensons encore comme normaux. Pourtant, ils sont pathogènes. Notre déni est similaire à celui qui laissait prospérer la malbouffe dans les années 1990. Il a fallu du temps aux gouvernants pour admettre que l'addiction au sucre n'était pas un choix individuel, mais une stratégie industrielle de captation. Je crois donc qu'il est grand temps de politiser la *santé attentionnelle*[1] au même titre que la santé physique l'a été. Ce que la malbouffe fait au corps, la logique attentionnelle le fait à l'esprit : elle excite, épuise et désoriente. Elle sature, détourne les citoyens du débat public, les rend imperméables à la complexité des discours politiques.

1. J'entends par « santé attentionnelle » l'état d'équilibre qui permet de préserver nos capacités de concentration, de mémoire et de discernement, menacées par la surstimulation numérique et l'économie de l'attention.

Reconnaissons enfin que le débat public est devenu un espace de dérégulation cognitive, et que nous ne sauverons pas le débat, la nuance, la lenteur et la démocratie sans protéger notre souveraineté cognitive. Ralentissons. Débranchons. Régulons l'économie de l'attention. Faisons de la reconquête de notre souveraineté cognitive un horizon politique. Car elle est une condition indispensable de la citoyenneté. Donc de la survie de nos démocraties. Les contenus ne manquent pas. Ce qui nous fait défaut, c'est l'intervalle, le temps de digérer une pensée plutôt que de consommer du sens toxique à toute vitesse. Notre *charge mentale démocratique*[1] devient trop lourde à porter.

Cette nouvelle architecture du visible impose sa vitesse et ses formats, mais aussi, de manière insidieuse, une transparence forcée. Une colonisation de notre intériorité[2] pas seulement par les plateformes qui transforment nos vies en biens consommables, mais par le regard social.

Il est acquis que désormais, en politique, un discours bien ficelé ou la densité d'un essai ne peuvent plus rien face au pouvoir d'attraction du divan de Karine Le Marchand. Mais cette

1. J'entends par « charge mentale démocratique » le fardeau ressenti par les citoyens face à la complexité, la saturation et la polarisation de l'information politique, qui donnent le sentiment de devoir porter seuls la cohérence d'un système en désordre.

2. J'entends par « colonisation intérieure » l'empire invisible des logiques numériques et sociales qui ne se contentent pas de réguler nos comportements extérieurs, mais s'installent dans nos perceptions, nos désirs et nos pensées.

dictature de la transparence ne se limite plus aux célébrités ou aux responsables politiques. Chacun doit aujourd'hui se raconter en posts, scénariser son mariage, ses vacances, pleurer ses morts en *stories*. Il faut *produire du soi* en continu. Cette exigence de transparence est totalitaire. Demander aux gens de se livrer comme préalable à l'acceptation dans un groupe n'est pas du soin ni de l'écoute, c'est un système de contrôle symbolique qui exige que chacun se rende visible et lisible, toujours de la manière attendue. Ce que l'on appelle authenticité en politique – cette nouvelle valeur cardinale de la communication – est en réalité souvent une demande de disponibilité émotionnelle sans limites. Et ce sont les femmes qui en paient le prix le plus fort, parce que les normes sociales pèsent plus lourdement sur elles, et que nos regards sont souvent plus durs sur elles que sur leurs homologues masculins. Face à cette injonction, celles qui refusent de livrer une blessure ou une biographie deviennent vite inaudibles. Elles ne restent jamais très longtemps ministres, ne deviennent pas populaires. On ne sait pas quoi faire d'elles si elles ne nourrissent pas l'algorithme. On les sanctionne si elles ne jouent pas le rôle attendu par notre voyeurisme, même quand leur action au service du public est irréprochable.

En politique, l'intime féminin est toujours présumé public. Je pense à ce que vit Brigitte Macron depuis quelques années. Son corps, son visage, sa manière d'être là… tout, chez elle, semble gêner. Elle est visible sans vouloir être spectaculaire. Présente, mais jamais vraiment

« commentable ». Elle parle peu, ne s'expose pas beaucoup. Alors notre formidable époque s'est vengée d'elle à sa manière : en la réinventant. Brigitte Macron est devenue, pour une partie d'Internet, un homme déguisé en femme. Jean-Michel Trogneux. Une rumeur née de rien, mais répétée à l'infini, relayée par des figures influentes, traduite en hashtags, en images fabriquées, en preuves taillées sur mesure pour les besoins de la viralité. On ne lui reproche rien de concret, aucun acte identifiable ne lui est imputé. On conteste seulement sa réalité. On la recompose, parce qu'on refuse qu'elle soit ce qu'elle est. Parce qu'elle est plus âgée que son mari, parce qu'elle ne se livre pas. Parce qu'elle déroge peut-être pour certains à l'image attendue de l'épouse présidentielle, elle est devenue une anomalie à corriger. Une vitrine à briser afin que tout rentre dans l'ordre.

Ici, il ne s'agit même plus d'intime exposé. C'est un intime falsifié pour punir un écart. Une femme qui ne correspond pas à l'image attendue devient immédiatement illégitime. Donc on la dissout dans une fable. Et cette fable, devenue virale, devient un mode de disqualification. Son silence dérange car il résiste à notre voyeurisme et à un journalisme dévoyé qui ne sait plus quelles blessures exposer pour servir de carburant aux algorithmes. L'écosystème médiatique et numérique n'a plus de place pour la pudeur : il la prend pour de l'opacité, donc pour une faute. Alors il invente à sa place, crée du visible à défaut de pouvoir supporter qu'une femme, parfois, n'ait rien à jeter en pâture à la société du spectacle.

Je crois que le féminisme devrait refuser les logiques qui veulent imposer la transparence pour mieux dévorer celles et ceux qui pensent. Nous devrions aussi faire place à celles qui pensent sans vouloir s'exposer. À celles qui doutent, qui refusent de se déshabiller pour exister[1]. Le féminisme a forgé des outils conceptuels pour démasquer les systèmes de domination. L'*architecture du visible*[2] en est un. Il est temps de le nommer. Et de le déconstruire.

1. Ce chapitre s'inscrit dans un ensemble de réflexions critiques sur l'économie de l'attention, la performativité numérique et la contrainte algorithmique sur la parole publique. Bernard Stiegler a analysé la captation attentionnelle comme processus de désubjectivation démocratique (*La Société automatique*, *op. cit.*). Yves Citton a plaidé pour une écologie de l'attention comme condition de la pensée politique (*L'Économie de l'attention*, La Découverte, 2014). Zizi Papacharissi a montré comment les émotions structurent désormais les publics numériques (*Affective Publics*, *op. cit*), tandis que José van Dijck a décrit les plateformes comme nouvelles architectures de la lisibilité sociale (*The Platform Society*, *op. cit.*). Enfin, Byung-Chul Han a dénoncé la transparence comme nouvelle norme disciplinaire, destructrice de la pensée et de la distance (*La Société de la transparence* [2015], PUF, 2017).

2. L'architecture du visible désigne l'ensemble des formats, codes, vitesses et seuils de lisibilité imposés par les structures médiatiques et algorithmiques contemporaines, qui déterminent qui peut être entendu, reconnu, ou simplement perçu comme pensant.

Fragment de survie médiatique 3

Invisibilité affective

J'ai longtemps cru que le meilleur moyen de résister à la broyeuse médiatique, c'était de rester droite, structurée, un peu sèche. Ne pas trop se montrer. Ne pas pleurnicher. Penser bien. Écrire propre. Se tenir. Résultat : je donne l'impression d'être une *Ice Queen* sous Lexomil, sortie d'une série scandinave dont même les scénaristes ont oublié l'intrigue.

Pendant que tout le monde partage son ressenti, je reformule. Pendant que certains pleurent en *stories*, je prends des notes sur la syntaxe des cris. Quand on m'invite à « témoigner de mon vécu », je réponds : « Je ne suis pas sûre que ce soit généralisable. »

Je suis cette personne qui dit « c'est intéressant » quand elle est furieuse, qui prend un air neutre quand elle est blessée et qui, dans les moments de tension extrême, demande si on peut revenir à la structure du débat. J'ai parfois l'impression d'être la dernière survivante d'un monde où la distance émotionnelle était encore une vertu. Ou du moins la seule chose que l'on accorde aux femmes qui essayent d'être crédibles. Je suis peut-être une espèce de vestige de civilisation, coincée entre deux cases, refusant l'une comme l'autre, avec un regard inquiet pour les fondations. Je ne suis pas à l'extérieur par stratégie. C'est juste que je me demande en permanence et en silence comment la maison va s'écrouler. Et si je suis la seule à entendre le bois craquer.

Mais j'ai une bonne posture. Et une veste de tailleur. Et une capacité remarquable à poser des questions non consensuelles avec un ton glacial. C'est ma manière de hurler.

5

Celle qui ne sera pas élue

Je n'ai jamais cessé d'espérer. Même quand les courbes disaient l'inverse. Même quand les regards s'embuaient ou se détournaient. J'ai espéré qu'un jour, dans ce pays, une femme serait élue à la présidence de la République, sans que cela devienne une exception spectaculaire, une parenthèse crainte, moquée, puis refermée. J'ai espéré qu'une femme y parviendrait sans avoir à s'excuser d'être femme, ni à déguiser ce qu'elle était pour rassurer ceux qui ne savaient plus très bien ce qu'ils attendaient. Mais je crois qu'il faut l'écrire, à contrecœur : en 2027, une femme ne sera pas élue à l'Élysée. Non pas parce que les prétendantes éventuelles seraient forcément moins capables ou moins crédibles. Mais parce qu'une ligne invisible les empêche encore de franchir le seuil symbolique du pouvoir suprême. Elles dérangent une structure mentale si ancienne, si souterraine, qu'on ne la voit même plus. Nous la croyons disparue alors qu'elle s'est simplement déplacée et rhabillée. C'est pour moi une douleur intime, mais surtout politique : celle de constater que les femmes peuvent presque tout faire désormais. Sauf cela.

Ségolène Royal portait ce rêve-là en 2007, il y a déjà presque une génération. Elle l'a souvent porté seule. On se souvient mal de ce que furent les mots employés, les procès multiples qui lui furent intentés. Trop belle, disait-on. Ce n'était pas un compliment, mais un soupçon. Trop belle voulait dire frivole. Trop belle voulait dire instable. Trop belle voulait dire danger. Durant sa carrière, on l'a traitée de « Bécassine », de « vache folle ». On lui a crié : « À poil ! », dans l'hémicycle. On a interrogé sa maternité pour invalider sa légitimité. Même dans son propre parti, la misogynie s'étalait, maquillée en boutade : « Mais qui va garder les enfants ? » Le corps féminin, même sobre, même discipliné, introduit un désordre dans l'ordre masculin de la crédibilité. Ce désordre n'a jamais été pardonné.

En 2027, vingt ans après, il en ira à peine autrement. Une femme qui a de l'autorité est encore jugée autoritaire. Une femme qui affronte est perçue comme brutale. Si elle persiste, elle est qualifiée de folle, ou d'hystérique. On le constate encore tous les jours ou presque. Avec Sandrine Rousseau, dont la radicalité assumée n'a jamais pu être entendue pour ce qu'elle était : une ligne politique. Elle est devenue une figure trop intense pour un système trop inquiet. Une castratrice en puissance, ou une *folle à lier*. Avec Anne Hidalgo, moquée pour son entêtement à exister dans un champ qui avait déjà décidé qu'elle ne devait pas compter, et n'avait pas le droit d'avoir une vision. Et Yaël Braun-Pivet, présidente de l'Assemblée, n'a eu besoin que d'être visible pour déranger : trop femme. Trop *là*.

Chez une femme puissante, on trouve toujours quelque chose qui ne va pas. Une femme qui sourit trop est stratégique. Une femme élégante, forcément, n'est pas sérieuse. Mais si elle est sobre, elle est glaciale. Il n'y a pas de *safe space* symbolique pour les femmes de pouvoir. Même la voix devient un terrain piégé. Trop aiguë, elle est jugée stridente. Trop basse, on la dit forcée. Trop posée, elle paraît froide. Trop vive, elle dérange. Les femmes politiques parlent, mais leur parole est souvent perçue comme un bruit parasite. Il suffit d'écouter les imitations. On grimace. On surjoue l'intonation. Il ne s'agit pas seulement d'une caricature, mais d'une manière de dire que leur voix ne colle pas à la bande-son du pouvoir. Valérie Pécresse, en 2022, n'a pas été jugée sur son projet : elle l'a été sur sa voix dans un meeting. On a raillé son intonation et son souffle, comme si une femme devait encore échouer pour une mauvaise modulation vocale là où tant d'hommes dissonants sont encore perçus comme « singuliers ».

Celle qui, aujourd'hui, est la plus proche de franchir le seuil, c'est celle qui a appris à le contourner : Marine Le Pen. La candidate parfaite pour un pays qui tolère une femme à condition qu'elle ait effacé à peu près tout ce qui pourrait rappeler qu'elle en est une. Elle a désexualisé son image, ralenti sa voix. Elle a neutralisé ses gestes, évite la plupart du temps les robes courtes ou les couleurs. Elle a désarmé ce qu'elle représentait pour incarner ce que veut notre pays : une figure féminine dépourvue de trouble. Mais qu'elle soit si haut dans les sondages, dans ces conditions-là, n'est pas une victoire. C'est juste une opération de camouflage. Ceci n'est pas un argument contre elle, c'est un miroir de nous.

Et ce que je vois dans la durée, c'est pire encore : celles qui parviennent à rester au pouvoir finissent presque toutes par se transformer. Non pas par conviction, mais par nécessité. Angela Merkel, Hillary Clinton, Margaret Thatcher. Toutes, à leur manière, ont dû adopter les codes d'un pouvoir masculin : costumes sombres, voix graves, gestes réduits, pudeur affective (qu'on n'a pas manqué *aussi* de leur reprocher), autorité sans faille. Jacinda Ardern, l'ancienne Première ministre de Nouvelle-Zélande, qui a osé la tendresse et la maternité, a fini par quitter le pouvoir en disant qu'elle n'avait plus l'énergie. Dilma Rousseff, qui a succédé à Lula à la présidence du Brésil, fut accusée d'être autoritaire, inflexible, jugée plus dure que ses homologues masculins.

Je ne dis pas que les femmes ne gagnent jamais, mais qu'elles ne gagnent qu'en se contraignant, et en se conformant aux codes d'un leadership encore trop masculin. Cela m'attriste car aucune d'elles n'est encore autorisée à gagner en étant pleinement ce qu'elle est. La chercheuse américaine Mona Lena Krook l'a démontré : les femmes en politique sont l'objet de violences spécifiques, symboliques ou directes, qui visent moins leurs idées que leur légitimité même à parler[1]. Alice Eagly, dans ses recherches sur le leadership, a souligné qu'une femme directive est souvent jugée arrogante, et que la douceur est sanctionnée comme une faiblesse[2]. Les codes du pouvoir politique s'énoncent toujours au masculin.

Un jour, je parle avec une ministre. Une femme brillante, debout, respectée. Mais ce soir-là, elle est lasse. Elle me parle bas. Me dit qu'elle songe à partir, souvent. Qu'elle n'en peut plus de la violence du combat, surtout des compromis qui lui sont demandés et qu'elle vit de plus en plus comme des compromissions. Je l'écoute, mais je ne sais pas quoi répondre. Elle cherche une issue. Je n'ai rien à lui offrir, si ce n'est cette vieille injonction familière : tenir. Quelques jours plus tard, elle parle à l'antenne. Un sujet clivant, la polémique du moment. Elle dit une phrase un peu trop vite, un peu trop sèche. Pas une erreur de fond, juste une inflexion. Et la vague part. Interprétations. Captures. Détournements. Déformations. Elle devient, en quelques heures, le problème. Et là, je mesure sa solitude. Car ce monde politique qui bat au rythme des réseaux sociaux ne vous interdit plus de parler : il vous attend au tournant pour vous le faire regretter.

D'autres jours, je regarde les femmes qui tiennent encore les leviers. Ministres, élues, figures d'autorité. Je bous intérieurement de

1. Mona Lena Krook, *Violence against Women in Politics*, Oxford University Press, 2020.

2. Alice H. Eagly, *Sex Differences in Social Behavior*, Psychology Press, 2013.

ce qu'elles n'osent pas faire, dire ou dénoncer. Je suis à deux doigts, parfois, de leur écrire : « Mais allez-y. Faites-le. Vous vous posez des questions que vos collègues masculins ne se posent jamais ! » Puis je me rappelle ce qu'elles affrontent. Les attaques. Les insinuations. Les humiliations feutrées. L'épreuve permanente de la justification. Et ma colère se retourne, doucement. Non plus contre elles, mais contre nous. C'est moins leur silence qui m'attriste que notre exigence absurde d'en faire des femmes parfaites sous contrainte. Intègres, brillantes, féminines mais jamais trop, fortes mais sans brutalité, visibles mais sans fêlure. On attend d'elles qu'elles brisent le plafond de verre… mais sans faire tomber de poussière.

Je comprends donc très bien qu'à distance, depuis l'extérieur des cercles de pouvoir, on puisse s'étonner. Que l'on puisse penser : *Mais bordel, pourquoi elles ne font rien pour changer les choses ?* En observant les femmes politiques de près, j'ai compris que ce n'est pas tant qu'elles ne veulent pas. C'est qu'à force, elles s'usent. Elles apprennent à connaître le point exact où le système ne leur pardonnera plus rien. Le seuil à partir duquel leur dissonance sera reçue comme une faute de goût. Le moment où un trait d'esprit devient agressivité. Où l'assurance affichée devient orgueil. Où la nuance devient floue et l'empathie se mue en faiblesse. Ce seuil-là, avec ce livre, j'ai décidé de le tester. Ce que je veux faire comprendre ici, c'est que quand les femmes publiques reculent ou renoncent, quand elles modulent leur voix ou cadrent leurs discours, il ne s'agit pas de soumission. C'est une forme d'intelligence adaptative. Une stratégie de survie. À force d'anticiper la disqualification nous finissons par l'intégrer. C'est ça, peut-être, le plus cruel : ce que le pouvoir n'interdit plus frontalement, il le délite à petits coups de soupir, de sourires en coin et d'humiliations feutrées.

Je suis politologue. Je devrais parler de rapports de force et de construction médiatique de l'image des politiques. Mais je vois bien que, derrière les chiffres et les discours, il reste ce mur-là : un mur qui ne dit pas non, mais qui ne dit jamais oui. Un mur fait de moqueries et de regards en coin. Nous entendons souvent dire, dans les conversations : « Une femme à l'Élysée ? Oui, bien sûr. Pourquoi pas... » Mais cette concession ne suffit pas. Il faut un déclic collectif. Un soulèvement symbolique. Or il n'est pas là.

Il y aura d'autres candidatures. Il y aura des femmes fortes, intelligentes et stratèges. Ce que je sens toutefois, dans le grain du réel, dans la texture même de la vie politique française, c'est que la France ne veut pas encore d'une femme qui gouverne sans se travestir ni se renier. Une femme entière, et sans dette. Alors j'écris cela sans résignation, mais avec lucidité. Car il ne s'agit pas d'une prédiction mais d'un avertissement. Il faut que l'on regarde enfin ce que ce pays fait à ses femmes politiques. Qu'on arrête de dire que tout est possible, quand tout continue à condamner – doucement mais sûrement – celles qui osent prétendre à la première place.

Je ne sais pas quand une femme entrera à l'Élysée. Mais je crois qu'on ne peut plus faire comme si la question était close. Comme si le verrou n'existait pas. Je sais que si rien ne change, celle qui y parviendra n'y entrera pas tout entière. La victoire est accessible, mais pas intacte. Il faut se réduire pour franchir la porte.

Un ami, conseiller du pouvoir, m'a dit un jour en souriant : « Tu verras, au rythme où vont les choses, en 2032, on élira peut-être une intelligence artificielle. » Je lui ai répondu en ne souriant qu'extérieurement : « Oui. L'intelligence artificielle sera peut-être la première femme élue présidente de la République. Au moins, on ne doutera pas de sa compétence. »

Fragment de survie politique 1

Sur-sur-femme (check-list pré-présidentielle)

- Être disponible pour Matignon, mais passer d'abord chez Picard.
- Répondre à une question sur l'OTAN sans perdre le fil du cycle 40 °C – essorage.
- Avoir lu tous les rapports du Conseil d'État (et le mot dans le cahier de liaison).
- Ne pas parler trop fort (mais tenir tête à Poutine).
- Ne pas paraître « harcelée » ni « pleine de soi » dans une interview.
- Être ferme mais pas cassante, inspirante mais pas intimidante, brillante mais pas menaçante.
- Être charismatique (mais pas trop coiffée).
- Savoir dire non au président, oui au prof de piano, et « peut-être » au traiteur du mariage de sa sœur.
- Penser stratégie Indopacifique en triant les chaussettes orphelines.
- Ne pas oublier les sacs de piscine.
- Ne pas oublier l'humour.
- Ne pas oublier d'oublier tout ce qui précède.
- Et surtout, ne faire sentir à personne que tout cela est impossible.

Statut : opérationnelle pour gouverner, mais prévoit de réchauffer les restes avant 20 heures.

6

Désactivée

Je n'aime pas avoir à devenir un personnage. Mais certaines expériences ne peuvent être comprises que de l'intérieur. Alors j'ai cédé, à contrecœur, à cette forme de récit à différents endroits de ce livre – sans doute trop nombreux pour ceux qui chercheront la cohérence parfaite entre ce que je dis et comment je l'écris, et trop rares pour ceux qui attendent que je me mette vraiment en jeu.

Parfois, un moment vécu vaut plus qu'un concept. Parce que certains lieux produisent une dissonance que seul un détour narratif peut rendre sensible. Ce que je vais décrire ici est une tentative de rendre visible ce que l'abstraction ne suffit pas à dire.

Je veux formuler un trouble que beaucoup de femmes taisent : celui d'exister dans des lieux puissants sans jamais pouvoir s'y penser entière. Je décris dans ce chapitre un système d'assignation traversé par des loyautés concurrentes, des regards piégeux et des formes de censure paradoxalement portées au nom de la liberté.

Je cherche ainsi à dire ce qui ne se dit jamais tout à fait pour certaines femmes.

Par rigueur, je choisis souvent d'aller là où l'on commente sans regarder : dans les lieux que l'on juge sans même y avoir mis les pieds. Car je crois qu'une conviction ne vaut rien si elle ne peut s'appliquer dans les territoires qui la mettent mal à l'aise. Sa force se mesure précisément à cela : à notre capacité à regarder ce que notre camp préférerait fuir.

Je me suis trouvée un soir au Festival de Cannes pour assister à une projection. L'endroit où l'injonction à briller est à la fois la plus démesurée et la plus codifiée.

C'est un de ces lieux où la lumière désactive les femmes plus qu'elle ne les éclaire. Où la transformation du sujet en surface ne se joue pas en théorie, mais en robes, en poses et en regards. Parmi tous les lieux de pouvoir – où je cherche à comprendre en quoi ils façonnent les décisions publiques et nos aspirations collectives –, le Festival de Cannes est sans doute l'endroit par excellence où le concept d'objectification cesse d'être un simple mot féministe. Il devient un fait. Une expérience physique.

Le Festival de Cannes, pour moi, est une métaphore aggravée des lieux de pouvoir. Donc un reflet du monde réel. Il y faut briller, surtout quand on est une femme, de préférence juchée sur des talons hauts. Parce que les clés d'accès au rêve n'ont fondamentalement pas tant changé que cela depuis #MeToo. Il faut faire semblant d'y croire. Ou du moins de coïncider. S'ajuster à ce que le lieu exige. Être visible, sans trembler.

Féminine, sans faille. Présente, sans trop penser. Ou en tout cas, pas à côté. Le Festival de Cannes concentre tous les codes du monde médiatique et politique, mais poussés à leur paroxysme. Il déploie la grammaire du pouvoir en robe longue et en silence. Mais il a l'avantage de contenir en son sein les germes de leur contestation.

Il y a quelque chose de profondément paradoxal dans le fait de marcher à Cannes. Tout y est cinéma, donc liberté, mais tout y est code, donc contrainte. L'art peut y réinventer le monde, mais la montée des marches, elle, reste suspendue à d'anciens protocoles : le talon haut y est encore un passeport tacite, la robe longue un seuil de légitimité.

Et plus vous descendez les marches de la notoriété, plus vous devez vous soumettre à des règles contraires aux idéaux que les « vraies » stars prétendent incarner. Il faut compenser par l'argent – celui que l'on paye pour entrer, celui que l'on étale en bijoux – et par la beauté la reconnaissance symbolique que la société refuse de vous donner.

On y vient pour voir du neuf, mais on y entre comme dans un bal de l'ancien temps : à condition d'en respecter strictement les usages et la hiérarchie sociale. Rares sont les femmes qui échappent à la règle. Seules les très grandes, les intouchables peuvent s'offrir le luxe d'un pantalon large ou d'un look décalé. Pour les autres, jouer le jeu est obligatoire.

On ne sait d'ailleurs plus si les premières éclairent l'avenir des secondes, ou si elles servent seulement de caution venant justifier leur aliénation.

Pour l'expérience, je joue. Sans y croire. Par exigence personnelle, presque par rigueur scientifique – celle de ne pas juger ce que je ne connais pas, de ne pas risquer un avis hâtif, excessif. Je regarde le plus grand festival du cinéma du monde comme j'ausculte les cercles de pouvoir. Je tente d'y percevoir les signaux faibles d'un sursaut attendu. Mais sans chercher à y croire simplement parce qu'ils me tolèrent.

Je suis là, maquillée, lissée, visible. Mais mon regard glisse en contre-champ. Je ne veux pas être de celles qui dénoncent à distance un monde qu'elles n'ont pas traversé. Je ne suis pas non plus naïve, toutes les sociétés ont leurs cirques, leurs espaces symboliques servant à projeter leurs fantasmes. J'y vais. Je regarde. J'observe la tension.

Le Festival de Cannes est un oxymore. Coexistent la liberté que certaines œuvres proposent et la mise en scène que presque toutes les femmes subissent, même volontairement. C'est le lieu par excellence où le narcissisme des uns vient nourrir le voyeurisme des autres. Et inversement. Cannes est une vitrine, mais aussi un théâtre. Un reflet déformé de ce que nous sommes, en pire, comme pour le meilleur. Et dans ce théâtre-là, je ne suis ni une actrice, ni une critique. Je suis une conscience en robe, désalignée.

Mon corps avance, mais ma pensée s'est arrêtée dix marches plus bas.

La lumière claque. Les regards tranchent. Dans ce halo figé, je cherche encore un interstice où penser.

En ce sens, Cannes n'est qu'une métaphore du théâtre du quotidien : les flashs y concentrent en quelques secondes ce que tant de femmes vivent chaque jour, quand leur être se réduit à une image disponible pour autrui.

Au fond, ça ne me change pas tant que cela des plateaux TV où je passe ma vie à essayer de singer les codes du sérieux, en me demandant encore pourquoi l'on me demande si souvent de sourire pour parler de catastrophes. La mécanique est la même, mais inversée : il faut performer l'intellect, lisser l'émotion, neutraliser le corps. Il faut avoir l'air sérieuse, mais pas trop raide. Éloquente, mais pas dominatrice. Claire, mais pas intelligente au point d'être intimidante. Ce que l'on attend de moi n'est jamais ce que je suis, et ce que je suis n'est jamais exactement recevable.

Dans ce décalage constant, je perds des morceaux.

Penser devient un exercice de rétrécissement de soi. Chaque mot doit passer la douane du regard. Et pour moi, qui vis en révolte intérieure permanente contre les codes imposés pour être crédible ou lisible, Cannes est l'endroit où cette violence devient palpable. Un lieu où la dépossession n'est plus seulement symbolique, mais physique.

Dans ce lieu-là, je pense avec mes pieds qui me font mal. Avec ma peur de tomber, en public. De glisser. Pas au figuré. Tomber pour de vrai. Avec ce corps qu'il faut encore tenir droit quand tout en vous veut se débrancher.

Je pense dans cet écart que je retrouve dans tous les lieux de pouvoir : entre ce que je suis capable de formuler et l'impossibilité de l'exprimer dès que le regard social me transforme en décor. Parce que pour parler de science politique, il faudrait avoir l'air de vivre dans des livres. Et cet air-là, étonnamment, ne colle pas toujours avec l'imaginaire classique de la féminité.

Marcher à Cannes, c'est être intellectuellement désactivée[1] par les regards. C'est perdre les mots au rythme des flashs. On avance, mais les phrases décrochent. Les idées se dissolvent sous les yeux. On se transforme en silhouette qui pense en silence, pour ne pas gêner le plan large.

C'est cela, l'objectification, ce mot souvent caricaturé. C'est le moment précis où, dans un dîner en ville, une projection, un cocktail, une émission, on cesse d'être sujet pour devenir surface. Soudain, le « quelqu'un » devient « quelque chose ». Un écran de projection pour les désirs, les normes, les fantasmes collectifs.

Le concept n'a rien d'abstrait : être vue par des personnes qui fréquentent les mêmes milieux, et vous relèguent dans un angle mort dès lors qu'ils vous sortent de la case « geek politique qui écrit des livres » pour vous ranger dans celle de « blonde en robe ». C'est une violence symbolique sourde, banalisée, intégrée. À cet instant-là, votre parole ne compte plus. Vos livres se taisent. Il ne reste que l'image.

L'objectification, quand on est au bras d'un homme, c'est aussi se transformer en satellite affectif. En prolongement sentimental. C'est

1. J'ai inventé le concept de « désactivation symbolique » pour désigner le processus par lequel une parole n'est pas censurée frontalement, mais rendue inaudible ou illisible par les formats, les codes sociaux ou les logiques médiatiques.

aussi ne plus pouvoir parler sans surveiller son image. Être regardée comme une dérive esthétique de soi, donc empêchée de prétendre avoir une pensée. C'est voir sa subjectivité expulsée de soi-même à chaque œillade, chaque commentaire. C'est une dépossession, une désactivation symbolique[1].

J'ai toujours vécu ces moments comme une amputation. Et j'ai rencontré des dizaines de femmes qui, évoluant dans des milieux connexes au mien, le vivent exactement de la même façon. Mais qui se taisent. Parce qu'elles savent que parler, c'est s'exposer à la jalousie des unes, au désir nié des autres, au soupçon de vanité ou d'ambition. Cette désactivation symbolique par l'image ou la relation à un homme, je l'ai combattue toute ma vie professionnelle. Tout ça pour qu'elle me revienne dans la figure le jour où certains médias ont réussi, pour tenter de me disqualifier, à faire entrer une histoire d'amour improbable dans la catégorie de « femme qui couche avec un journaliste plus âgé pour réussir ». Le jour où, chargée d'enquêter sur moi par son site Internet, une journaliste se réclamant du féminisme a refusé d'entendre la complexité des sentiments pour écrire une vague histoire de conflit d'intérêts présumé, en tirant un trait sur

1. La désactivation symbolique par image ou par assignation est une tentative de reformulation de l'objectification féminine, débarrassée de ses connotations plaintives ou figées. C'est un processus de rétrécissement de la pensée sous le regard social, et pas simplement une réduction à l'apparence. C'est à la fois une condition matérielle d'impossibilité de parole, et une forme d'auto-introjection du soupçon.

mon CV, sur mes diplômes, sur mes livres, sur mon parcours en politique, j'ai compris qu'un certain féminisme ne me protégerait jamais.

Pourtant, ce concept d'objectification, que l'on disqualifie trop facilement aujourd'hui, reste central. Dès qu'on l'évoque, il est relu comme une plainte vaniteuse. Moi-même, je suis encore souvent exaspérée par ces femmes qui se plaignent des règles d'un jeu auquel elles semblent pourtant avoir accepté de jouer. Nous faisons souvent comme si nommer cette violence revenait à dire : « Je me plains qu'on me trouve jolie. » Mais ce concept-là n'est pas une coquetterie contrariée. C'est un empêchement des femmes à penser librement si elles n'ont pas l'apparence attendue. Une interruption constante de leur parole par le regard. Je ne sais pas si beaucoup d'hommes mesurent ce que coûte, en 2025, le simple fait d'être prise au sérieux dans certains milieux *dans un corps de femme*. Ce qu'il faut gommer, prouver. Ce qu'il faut abandonner de soi pour être enfin considérée comme vaguement pensante. Ce que je ressens dans ces lieux de visibilité, qu'ils soient ceux de l'art ou de la politique, ressemble à un effacement mental sous l'effet de l'image. Je me retrouve coincée entre l'incapacité à exister entière et l'obligation de serrer les dents, ne pas me plaindre pour ne pas avoir l'air de vouloir entrer en concurrence avec d'autres violences genrées beaucoup plus graves. Pourtant, il faut passer par ces moments-là pour comprendre. Parce que le féminisme commence là : au moment où l'on sent que l'on n'est plus lisible que comme corps. Je crois qu'il faut le raconter, aussi, au risque de voir mon féminisme étiqueté comme élitiste.

Une fois les marches gravies, j'ai râlé, presque sans le vouloir. À un homme puissant croisé dans les coulisses, j'ai balancé : « Ton protocole, c'est un enterrement en talons. J'ai mal au pied gauche depuis la troisième marche. » Il n'a pas su s'il fallait rire, ou s'excuser de maintenir un ordre patriarcal obsolète. J'ai retenu la leçon : la prochaine fois, j'irai en rangers. (Et le protocole m'expulsera.)

Le lendemain de la projection, c'est une autre douleur qui m'a envahie dès que j'ai allumé mon smartphone. Une douleur plus froide, mais tout aussi politique. En scrollant sur Instagram, j'ai découvert les images de la façade de mon éditeur. Elle avait été taguée à l'encre violette au petit matin. Taguée par des militantes féministes, parce qu'il venait de publier *La Soif de honte* de Nicolas Bedos[1]. Il s'agissait de réclamer, une fois de plus, que l'on fasse taire ceux qu'elles ont désignés comme indéfendables. Ce n'était pas une critique ou un désaccord, mais un marquage, une tentative de clôture. Pas seulement de la parole de l'autre : de l'espace même dans lequel cette parole pouvait encore exister. Il n'y avait évidemment pas de message pour moi. Mais j'y ai lu un verdict. Un avertissement contre tout livre qui viendrait déranger la ligne. Un marquage préventif contre l'écart, la nuance, contre la possibilité même d'un autre point de vue. En somme, j'ai vécu cela comme un tir de barrage préventif contre tout ce que je pourrais un jour écrire. Et

1. Éditions de l'Observatoire, 2025.

là, j'ai ressenti l'ampleur de ma solitude. Une solitude sans stratégie. Celle de vivre dans un monde où je serais sommée de choisir. Choisir entre la liberté de s'exprimer – même quand on dérange – et la légitimité de penser comme femme, dans un corps de femme, dans une époque où la parole des femmes est encore suspecte.

Il se trouve que je n'aime pas avoir à choisir entre mon cerveau et mon corps. Entre ma loyauté à la nuance et ma colère contre les violences. Entre le droit de parler et le devoir de me taire dès que le terrain devient glissant. C'est aussi là, concrètement mais en silence, que se meurt la liberté d'expression. Donc voilà, je choisis de vous parler d'objectification depuis Cannes, plutôt que de le faire depuis un autre lieu de pouvoir, parce que j'ai la conviction que les concepts ne sont valables que si on peut les penser partout. Comme les principes, ils n'ont de force que s'ils ne souffrent pas d'exception : ni les femmes politiques, ni les hommes puissants, ni aucune des figures types qui nous servent trop souvent de boucs émissaires confortables.

Voilà résumé le dilemme permanent que je vis, comme des millions de femmes : d'un côté, la désactivation symbolique par objectification sociale, quand la société vous ramène à votre corps ou à l'image qu'elle voudrait avoir de vous ; de l'autre la désactivation par sommation militante, quand on exige de vous une ligne claire, une conformité idéologique qui annule toute nuance. Je choisis de me tenir dans cet entre-deux, inconfortable mais vital, où je refuse l'effacement par l'image autant que l'effacement par l'alignement idéologique. Je défends la possibilité de continuer à penser dans un espace où l'on n'éteint pas les voix au nom d'une ligne. Là où la justesse de la cause n'efface pas le doute. Je crois qu'un combat politique se perd quand il se met à censurer au lieu de déranger. Il se perd s'il s'aligne sur les formats de l'économie de l'attention, ou confond la viralité d'une vidéo prise au petit matin pour choquer avec ce qu'est vraiment le courage militant. Il s'assèche quand il réclame des postures claires et des indignations monétisables. Car, ne l'oublions pas, la parole féministe est née d'un refus de la simplification.

Nous sommes, presque sans nous en rendre compte, en train de glisser dans un monde où défendre la liberté d'expression et les droits fondamentaux vous fait passer pour complice et où refuser la censure vous range du mauvais côté. Or, je crois que la lutte féministe ne peut pas survivre à la tentation de l'alignement absolu. Elle doit pouvoir résister au réflexe de bannir. Elle doit pouvoir cohabiter avec l'inconfort et soutenir celles qui ne veulent pas avoir à choisir entre exister et être crues. C'est cela, la peine que j'ai ressenti ce matin-là. Une peine politique, parce que tout ce que je défends s'effondre dès lors qu'on m'oblige à penser depuis une case que je n'ai pas choisie.

J'écris depuis cette zone où l'on tente encore de penser sans autorisation[1]. Depuis ce point précis

1. La parole non autorisée est une refondation de l'idée de « zone grise » ou « entre-deux », mais elle ne parle pas de neutralité, elle parle d'insoumission cognitive.

où la colère refuse de se muer en dogme. Je crois que la parole ne doit pas se transformer en scène qu'on allume ou qu'on éteint selon le nom de l'orateur. J'ai de plus en plus souvent le sentiment que l'on cherche à nous imposer de choisir entre deux formes de censure. D'un côté, la censure par le regard, celui qui transforme une femme en objet et présuppose ses capacités. De l'autre, la censure pratiquée par celles qui voudraient qu'un accusé ou un coupable se taise à jamais. Or, je le redis, la liberté de s'exprimer, même maladroitement, même après avoir commis une faute grave, est pour moi une condition du progressisme, donc du féminisme. Ça n'est pas une contradiction. Ma colère naît de ce choix impossible : être crue, ou rester libre[1].

Pendant que j'y suis, vous vous êtes parfois demandé pourquoi tant de femmes s'habillent comme des passe-murailles, comme pour ne pas exister ?

Maintenant, vous savez.

---

1. Celles et ceux qui souhaitent approfondir les notions de performativité, d'objectification et de dépossession symbolique évoquées dans ce chapitre pourront se référer aux travaux de Judith Butler (*Ces Corps qui comptent* [1993], Amsterdam, 2009 ; *Le Récit de soi* [2005], PUF, 2007), de Michel Foucault (*Surveiller et punir*, Gallimard, 1975 ; *L'Ordre du discours*, Gallimard, 1971), de Laura Mulvey (notamment son article fondateur, « Plaisir visuel et cinéma narratif » [1975], *CinémAction* n° 67, 1993), ou encore de Donna Haraway (*Manifeste cyborg et autres essais*, Exils, 2007), qui tous interrogent, à leur manière, les effets de visibilité imposée, de contrôle du regard et de désactivation des subjectivités dans les espaces de pouvoir.

Fragment de survie politique 2

Les hommes politiques veulent sauver le monde, les femmes politiques veulent juste finir leur phrase

Il parle. Depuis combien de temps exactement, je ne sais plus. Mais assez pour que même le concept de durée me paraisse trop flou pour être utile. Il dit « République », « valeurs », « urgence », « responsabilité », comme on dit « pain », « vin », « fromage », quand on ne sait plus très bien ce qu'on est censé apporter au dîner.

Il parle avec l'air grave de celui qui croit encore à la magie des mots, même s'ils sont devenus les accessoires d'un théâtre sans spectateurs. Il parle comme on récite. Il récite comme on absout. Il absout comme on s'écoute penser. Il parle avec cette assurance tranquille des hommes convaincus qu'ils sont la solution à un problème qu'ils n'ont jamais pris la peine de formuler. Il parle comme s'il recousait la nation avec sa voix.

Moi, je compte mentalement le nombre de fois où il dit « peuple ». (Il en est à huit. C'est souvent au dixième que le récit bascule vers l'appel à la transcendance, ou vers une anecdote personnelle sur la République en 1995.)

Il ne ment pas. Ce serait presque plus simple. Non, il croit vraiment qu'il est en train de sauver quelque chose. Lui, la démocratie, l'autorité de l'État, la ligne budgétaire 3.2b, la mémoire collective, peut-être même la météo. Il croit qu'à force de le dire avec aplomb, ça finira par exister à nouveau. Il parle pour restaurer. Pour porter. Pour redresser.

Mais il a oublié ce qu'on était censé réparer. Il a aussi oublié qu'on n'était plus en 2002. Il est, à ses propres yeux, le personnage principal d'un récit historique dont il ignore que tout le monde a quitté la salle, sauf lui.

Je suis là. À côté. Je fais ce que je fais le mieux dans ce genre de moment : je ne dis rien. Je l'observe déplier ses majuscules en colonnes d'air chaud, et pendant qu'il les aligne avec une précision presque chorégraphique, je vois les interstices. Tout ce qu'il ne dit pas. Tout ce qu'il ne peut pas dire. Tout ce qui a disparu entre l'intention et la réalité. Tout ce qu'il ne verra jamais, puisque ce n'est pas inscrit dans le scénario. Je me souviens, en l'écoutant, pourquoi j'ai arrêté. Pas lui. Le décor. Le rôle public. Pas la politique. La farce de la gravité.

J'ai passé des années à écouter des hommes politiques m'expliquer comment ils allaient « sauver la République ». C'était toujours dit avec sérieux. Un ton grave, légèrement enroué, la mâchoire tendue pour donner du relief à des phrases plates. Un regard vers l'horizon républicain (quand bien même on était dans un salon, entre deux plateaux de petits fours). Et toujours cette même posture : un mélange d'appel à la mobilisation générale et de confidence entre gens d'État. On était à deux doigts de l'appel du 18 juin. Mais c'était mardi. Et il s'agissait d'un amendement sur les normes agricoles.

Ils n'avaient pas de plan, mais ils avaient des majuscules. Ils n'avaient pas lu les rapports, mais ils avaient une intuition virile du redressement nécessaire. Ils disaient : « France », « Sursaut » « Ordre » « Vérité ». Comme s'il suffisait de réciter la Constitution à voix haute pour ressusciter l'adhésion.

Je les écoutais, souvent, avec un léger vertige. Pas parce qu'ils mentaient – ils y croyaient. Mais parce que tout en eux, le regard, le souffle, les silences calculés, disait : « Je suis la solution. » Sans jamais avoir formulé correctement la question. Je les voyais s'élever dans leurs propres récits, emportés par la ferveur du verbe, alors que la plupart des gens, dehors, se demandaient juste comment boucler la semaine sans vaciller.

Les femmes politiques, elles, parlent plus rarement comme ça. Elles ne sont pas là pour sauver le monde. Elles essaient déjà de terminer leur phrase sans être interrompue et sans que la forme de leur bouche déclenche un article. Elles ne rêvent pas d'Histoire. Elles cherchent juste une chaise qui ne soit pas placée dans l'angle mort du pouvoir. Une place entre deux humiliations discrètes. Elles savent que le vrai courage consiste, certains jours, à ne pas baisser les yeux quand on vous appelle « ma grande ». Elles ont troqué les plans quinquennaux intérieurs contre des plans d'évitement émotionnel, des stratégies de contournement de la connerie et des techniques de respiration discrète pour tenir encore une heure sans cligner trop des yeux. Elles ne gravissent pas l'échelle du pouvoir : elles vérifient en silence qu'elle n'est pas savonnée. Pendant qu'elles vérifient, les hommes continuent de poser pour la photo de haut, légèrement de profil, les bras croisés comme s'ils contenaient l'avenir. Ce n'est pas qu'elles manquent d'ambition. C'est qu'elles ont intégré que chaque prise de parole est une prise de risque. Elles savent qu'un mot déplacé devient une faille, et chaque hésitation un aveu. Elles ont compris que, dans ce théâtre-là, le fond importe moins que la gestion des mimiques. Pendant que les hommes diagnostiquent l'état du monde avec un Lexomil de mots-clés républicains, les femmes, elles, s'occupent des drames collatéraux :

– les collègues qui s'effondrent dans l'ascenseur,

– les femmes qu'on pousse doucement vers la sortie parce que « leur énergie colle moins avec le nouveau cycle »,

– les machines à broyer qui tournent sans bruit mais jamais à vide.

Elles gouvernent parfois. Mais dans un décor où l'on attend d'elles qu'elles échouent avec élégance. On ne leur demande pas la grandeur, mais la dignité. Sans bavure. Sans cernes. Et avec une touche de gloss neutre.

Bien sûr, il y a aussi les autres. Celles qui ont compris qu'il fallait parler comme eux pour être entendues. Même tonalité. Même costume (au sens vestimentaire comme grammatical). Elles ont appris à caler leur voix entre deux répliques masculines, à respirer avec méthode, à sourire sans paraître faibles. Elles ont troqué le doute pour la posture. Elles n'argumentent plus, elles déclinent leur cohérence. Et ça fonctionne. Elles n'exercent pas le pouvoir : elles le reproduisent à la perfection. Mais elles savent que le pouvoir tolère les femmes comme le système tolère l'humour : tant que ça ne dérange pas la ligne éditoriale.

7

L'entonnoir masculiniste

Il serait illusoire de croire que le masculinisme est une ultime résurgence du passé ou un épiphénomène temporaire que l'on pourrait mépriser. Le *backlash* (ou retour de balancier, réaction violente d'une partie de la société face au progrès des droits de certains) en gestation est encore peu visible dans les discours officiels ou les médias traditionnels. On le trouve pour le moment dans des lieux plus confidentiels. Mais je crois que son potentiel d'expansion n'en est pas moins réel. Notamment en vue de la prochaine élection présidentielle.

C'est en observant les posts TikTok ou YouTube d'influenceurs (souvent méconnus des plus de trente-cinq ans) ou les forums consacrés aux jeux vidéo que l'on comprend comment l'offre masculiniste est en train d'avancer de manière souterraine. La parole de la domination masculine a été relookée, réhabilitée, mise à jour. Ses effets ne doivent pas être sous-estimés : lors de l'élection présidentielle américaine de 2024, Donald Trump a remporté 54 %

du vote masculin contre 46 % pour Kamala Harris. Une avance décisive, qu'il a obtenue en partie grâce à une rhétorique de reconquête virile qui a parlé à ceux qui, dans le chaos social et culturel, cherchaient avant tout à redevenir de « vrais hommes ».

Le débat public et l'analyse politique s'attardent souvent sur les excès et les débordements de ces discours. Ce qu'ils ont de plus visible, de plus choquant : les insultes, les violences qui se déchaînent en ligne, parfois dans la vie réelle. Mais le vrai travail idéologique ne se fait pas là. Il est ailleurs, dans des récits emballés dans l'humour, dans des visages jeunes et lisses qui ne crient jamais mais qui savent exactement les ressorts profonds qu'ils activent.

Il existe sur le Web des milliers de figures, connues ou plus confidentielles, qui s'activent à bas bruit pour offrir une issue au trouble masculin contemporain. Ils ne cherchent pas à l'apaiser, mais à le monétiser. Et, surtout, à le retourner contre les femmes. Ces figures captent les fragilités, les doutes, la colère rentrée pour en faire des leviers. Chacune dans son style contribue à former un entonnoir idéologique, une machine à fabriquer un ressentiment qui se croit lucide, un pouvoir qui se croit moral. Elles préfigurent un basculement plus profond et plus massif qu'il n'y paraît. Un basculement qui devient possible dès lors qu'on lui facilite la tâche, en refusant d'entendre le trouble masculin autrement qu'en le muselant ou en le diabolisant.

Ce qui suit est une analyse de la fonction que certaines figures médiatiques remplissent dans l'imaginaire masculin. J'aurais pu en sélectionner vingt, je n'en présente que trois, pour la complémentarité de leurs fonctions idéologiques et psychologiques : Jordan Bardella, Éric Zemmour et, moins connu du grand public mais néanmoins emblématique, Papacito.

Le président du Rassemblement national, tout d'abord. Il déploie une stratégie de communication subtile sur les réseaux sociaux, notamment sur TikTok, qui résonne avec certaines préoccupations masculines contemporaines. Les codes visuels et comportementaux qu'il emploie évoquent chez beaucoup d'hommes et de femmes – souvent jeunes –, de manière presque inconsciente, la réaffirmation d'une masculinité traditionnelle. Il soigne son image en adoptant une posture corporelle rigide, épaules droites, muscles saillants sous une chemise ajustée. Son look, jusqu'à sa coupe de cheveux, évoque une discipline martiale. Ses costumes sombres, parfois assortis de lunettes de vue, renforcent cette impression de maîtrise et de sérieux. Cette présentation visuelle fait écho aux idéaux de la manosphère, valorisant une masculinité forte. Sur TikTok, il partage des vidéos le montrant dans des situations anodines : dégustant une pomme ou des bonbons, jouant à la PlayStation, embrassant un nouveau-né sous le regard attendri de ses parents, ou caressant un lapin. Ces contenus, bien que dépolitisés en apparence, véhiculent subtilement des messages valorisant la virilité, la famille traditionnelle et la simplicité, des thèmes chers aux communautés masculinistes.

Une vidéo virale l'assimile à un joueur de *Call of Duty* devenu chef, comme si son ascension politique relevait d'un entraînement rigoureux, presque militaire.

Ce genre de narration croisée, entre culture guerrière, esthétique du contrôle et leadership tranquille, installe l'idée qu'un homme peut être bon stratège, bon soldat et bon chef sans jamais hausser la voix. Cette approche lui permet de séduire une audience jeune, souvent peu politisée, en renforçant des stéréotypes de genre traditionnels, sans jamais affirmer clairement une position clivante. Les commentaires sous ses vidéos témoignent de l'impact de cette stratégie : « Mon mariiiiiiiiii ! », « Quel homme élégant, je t'aime », « CE REGARD ! ». Des réactions superficielles en apparence, mais qui illustrent la manière dont Jordan Bardella est perçu comme une figure idéale par certaines femmes. Ce qui renforce, en retour, son attrait auprès d'une audience masculine en quête de repères virils et de figures auxquelles s'identifier. Jordan Bardella utilise parfaitement le *dogwhistling*, cette tactique de communication qui consiste à envoyer un signal à un électorat que les autres catégories de Français ne comprendront pas et dont ils ne pourront donc pas s'offusquer. Il adopte des codes visuels et comportementaux qui résonnent avec les idéaux masculinistes, mais toujours en creux, sans jamais les exprimer explicitement. Cette approche lui permet de se rendre compatible avec une audience masculine en quête de figures fortes, tout en évitant les critiques directes contre des positions perçues comme ouvertement anti-féministes. Il peut d'autant mieux incarner une virilité souriante qu'il bénéficie d'un rempart imaginaire contre l'accusation de misogynie : le culte de la mère. Pas seulement celle qui l'a mis au monde, mais aussi celle à qui il doit sa carrière politique, qu'il nomme constamment comme source d'autorité et de légitimité. Le mécanisme, vieux comme le monde, fournit une immunité contre ce soupçon. Car nous avons tendance à confondre preuve et exception à la règle. Je le rappelle donc : même les misogynes aiment leur mère. Ce n'est pas une preuve de respect des femmes, c'est une ritualisation culturelle qui camoufle la structure de domination.

Deuxième niveau de l'entonnoir idéologique : le discours d'Éric Zemmour. Avec lui, le masculinisme ne se murmure plus. Il ne se dissimule pas derrière un sourire ou une pomme. Il s'exprime, frontalement, parfois violemment. Ce qu'il vend n'est pas une image, contrairement à Bardella, mais un récit. Chez lui, l'homme est le cœur d'une civilisation en cours de disparition. Il déploie un discours savant, documenté, autour d'une obsession structurante : la perte. Celle de la guerre, du père, celle des femmes dites « normales », celle de l'autorité, de la maternité, de la famille et de la virilité. Zemmour nous parle de ce que les femmes ont volé et que les hommes doivent désormais récupérer. Il ne le dit pas frontalement, mais c'est ce que son discours construit en creux : l'idée d'un vol symbolique, d'une dépossession masculine. Il désigne le féminisme comme agent implicite de la décadence.

Toutes ses petites phrases qui font le tour des réseaux sociaux ne doivent pas être perçues comme de simples provocations, car elles sont bien plus que ça : des briques idéologiques, celles du mur en ruine qu'il tente de reconstruire. Dans ses meetings, il nous parle de testostérone, de mères absentes et de sociétés trop maternelles. Il dit « hommes et femmes » comme on dirait « empire et barbares ». Et ça marche, non pas parce que les jeunes hommes qui l'écoutent adhèrent à ses thèses historiques, mais parce qu'ils reconnaissent en lui leur propre désorientation. Ils ne savent plus ce qu'ils doivent être. Zemmour leur donne une réponse simple : vous n'êtes plus des mâles, des vrais, parce qu'on vous a féminisés. Il faut redevenir virils, conquérants, carnassiers. Reprendre ce que vous avez perdu. La promesse est brutale, mais très lisible. Car dans un monde saturé d'ambiguïté, de discours contradictoires sur le genre, la brutalité se mue en clarté. Quand Bardella vend une image, celle de l'homme idéal dans une France où son pouvoir serait restauré, Zemmour vend une parole tranchée, qui rassure ceux qui ne supportent plus d'hésiter. Les deux se complètent.

Troisième figure de l'entonnoir, la plus obscure, la plus enfouie mais la plus brutale : Papacito. Chez ce vidéaste d'extrême droite assumé, il n'y a ni façade lisse, ni vernis idéologique. Ce que Zemmour théorise, Papacito l'éructe. Il frappe, rit, déborde. Il joue à l'homme comme d'autres jouent à faire un carnage dans des jeux vidéo hyperréalistes.

Sa masculinité n'est pas une image ou une théorie, mais un décor : cigare, whisky, chemise ouverte, armes en arrière-plan, étalage de codes virils assumés. C'est une virilité grotesquement mimée, car Papacito incarne le moment où le malaise masculin se transforme en performance tragique. On rit en frappant, et on frappe pour se sentir exister. On justifie tous les débordements et toutes les transgressions par l'humour. « C'est de la blague, bande de fiottes... » « Moi je veux des hommes qui puent la poudre... » « Faut tabasser le gauchisme. » Sur YouTube ou dans ses interviews semi-masquées, Papacito fait du combat idéologique un happening grotesque. Il revendique le courage de dire tout haut ce que les autres pensent tout bas, ce qui donne à ceux qui le suivent le sentiment de faire partie d'un club très fermé de lucides courageux. Il instrumentalise la liberté d'expression pour répandre la haine. Il vise la gauche, les féministes, les fragiles, les pédés, les « métrosensibles », les journalistes, les profs... Il se filme en train de pulvériser, avec une arme à feu, une marionnette censée représenter un électeur de gauche. Ce qu'il appelle, sans rire, une « démonstration ». C'est à la vérité une autorisation, une libération des pulsions. Si cela fonctionne, c'est parce que Papacito propose un exutoire : transformer la gêne des jeunes hommes contemporains, qui ne savent plus s'ils doivent s'excuser ou se révolter, en violence stylisée. Il les autorise à devenir des guerriers décomplexés. Ce faisant, il masque leur trouble, évacue leur peur et leur honte. Sur les réseaux, ses fans s'appellent entre eux « les couillus », « les vrais », « les burnés ». Ils signent leurs commentaires avec des émojis hache, testostérone, éclair. Leur masculinisme à eux n'est pas une pensée, comme celle de Zemmour, ni une esthétique comme celle de Bardella, c'est une envie d'en découdre, un vacarme permanent qui évacue le doute. Un bruit de fond algorithmique. Il ne vend pas une pensée. Il vend une permission : la permission de haïr.

Ce serait une erreur de croire que seuls les garçons en colère s'y retrouvent. Car ce que ces récits produisent, en vérité, c'est une forme de soulagement symbolique. Une manière de remettre un peu d'ordre dans le flou contemporain. Même chez des garçons bienveillants, éduqués, non violents, ces figures opèrent parfois une fonction de réassurance : ils y trouvent un modèle lisible. Pas pour exclure, mais pour respirer. Ce qu'ils ressentent, c'est une fatigue de l'indétermination. Une lassitude devant l'injonction à déconstruire sans jamais reconstruire une forme habitable de soi.

Si ces trois figures ne disent pas la même chose, ne parlent pas aux mêmes hommes et ne se coordonnent pas, elles forment pourtant une chaîne cohérente. C'est un continuum idéologique qui capte, oriente et transforme le désarroi masculin en force politique réactionnaire. Bardella rassure, il offre une virilité de surface, bien peignée, qui ne dit jamais « sois un homme », mais le suggère dans chaque posture. Il incarne le retour du père, jeune, propre, pacifié – et surtout hétérosexuel. Zemmour, lui, donne une grille ; il explique la perte, il désigne les responsables de l'effacement, il structure le trouble et la confusion en idéologie. Papacito, enfin, est l'exutoire : il signe le moment où la gêne devient rire, où le doute devient coup de poing, où le ressentiment devient folklore violent. Ce qu'ils construisent ensemble, avec les centaines d'influenceurs et de relais qui déclinent des visions et des messages similaires sur le Web, ce n'est pas un parti ou un mouvement. C'est une mécanique d'adhésion graduelle, une machine à produire du consentement masculin à la régression. Aujourd'hui, le masculinisme vend un soulagement narratif à une angoisse de la place. Pour le moment, il le fait mieux que le féminisme. Ce que Bourdieu appelait la violence symbolique, cette capacité à imposer un sens comme légitime sans le nommer, trouve ici une nouvelle déclinaison. L'habitus masculin traditionnel[1] ne disparaît pas : il se reconfigure à travers de nouveaux codes de virilité algorithmique, souvent dépolitisés en apparence, mais porteurs d'une réaffirmation implicite du pouvoir. Nous aurions tort de les regarder comme des anomalies. Car ils figurent parmi les nombreux opérateurs d'un basculement culturel plus large, dans lequel le trouble masculin, au lieu d'être écouté, est instrumentalisé, transformé en carburant identitaire et en stratégie électorale. Si

1. Par « habitus masculin traditionnel », j'entends l'ensemble des dispositions intériorisées (gestes, postures, attitudes, manières de percevoir) qui traduisent et reproduisent une vision patriarcale du rôle des hommes dans la société.

nous ne regardons pas cette structure en face, si nous continuons à traiter le trouble de certains hommes comme temporaire, nous laisserons prospérer ce que la rencontre de cette offre avec cette demande rend possible : une remobilisation du pouvoir patriarcal sous des formes plus séduisantes et plus conformes à l'époque.

Parfois, je touche du doigt la possibilité de ce basculement non dans les discours publics, mais dans les accidents de langage. Un mot trop vite lâché. Un commentaire qu'on croit anodin, mais qui claque comme une porte. Un jour, dans un dîner amical, un ami que j'ai toujours vu comme irréprochable s'est agacé en entendant le nom d'une femme politique. « Celle-là ? Elle est imbaisable. » Il avait bu un verre. Il ne pensait pas que c'était grave. J'ai répondu, sans réfléchir : « Ne t'inquiète pas, ça va bien se passer. » Il n'a pas du tout aimé ma référence à la façon dont Gérald Darmanin avait répondu de manière très condescendante à Apolline de Malherbe lors d'une interview. Un autre jour, dans un autre cercle, plus poli, plus intellectuel, j'ai mentionné Sandrine Rousseau. On m'a coupée. « Oh, pitié, cette folle. » À chaque fois, rien d'explosif. Juste un climat. Une crispation qui surgit quand le mot « féminisme » entre dans la pièce. Même avec des hommes que je croyais « déconstruits ». Même entre alliés. C'est grâce à ces moments-là que je comprends que le *backlash* ne crie pas toujours. Il murmure. Et que le féminisme, même poli, reste perçu comme une provocation. Alors, comme tant d'autres, j'ai appris à moduler. J'évite certains mots. Je fais attention à la tournure. Je ne dis plus « féministe » d'entrée de jeu, je prépare le terrain.

Mais je me demande pourquoi il faut encore autant de diplomatie pour dire qu'on refuse l'injustice.

Je crois donc qu'il faut dire que le trouble des hommes n'est pas qu'un symptôme. Il devient un marché. Et si le féminisme ne regarde pas ce marché en face, il sera absorbé et remplacé par ce qui crie plus fort[1].

---

1. Note conceptuelle : ce chapitre propose une lecture structurée du masculinisme contemporain non comme idéologie unifiée, mais comme dispositif graduel d'adhésion affective et identitaire. L'*entonnoir masculiniste* désigne une mécanique de captation progressive du trouble masculin par trois types de récits :

– une esthétique virile rassurante (exemple de Bardella),

– une grille idéologique narrative du déclin (exemple de Zemmour),

– un exutoire pulsionnel légitimé par le rire (exemple de Papacito).

Ces récits ne se coordonnent pas, mais fonctionnent en synergie culturelle. Ils construisent une masculinité algorithmique réactualisée (lisible, stylisée, opposée à la complexité) capable de séduire des jeunes hommes en quête de repères, y compris non violents ou bienveillants. Ce phénomène opère moins comme doctrine que comme marché affectif, structurant une offre graduée à laquelle le féminisme, s'il refuse de l'analyser, laisse le champ libre.

L'objectif de ce chapitre est de mettre en lumière la montée en intensité d'une contre-culture réactionnaire, fondée sur la revalorisation implicite d'un pouvoir patriarcal repensé pour les formats contemporains de visibilité.

Fragment de survie médiatique 4

Le jour où je suis partie en vacances avec Marine Le Pen (à l'insu de mon plein gré)

Un jour, on m'a rapporté une conversation très sérieuse qui avait eu lieu dans un couloir de rédaction. Un journaliste avait dit : « Tu te rends compte ? Elle part en vacances avec Marine Le Pen. » Les autres avaient hoché la tête. Sérieusement. Sincèrement. Comme s'il existait quelque part une photo de nous deux sur un pédalo, magazine *Elle* posé sur les jambes, silence complice. Comme si j'étais du genre à réserver un Club Med à Saint-Raphaël avec option débat républicain au bord de la piscine, spritz à la main, pendant que Marine corrige mes notes en marge. Comme si je venais de publier *Penser avec l'extrême droite en espadrilles*. À ce moment-là, j'ai compris que le soupçon était devenu un sport collectif. Que mon existence était entrée dans sa phase « fiction participative ». Et que la logique avait quitté le bâtiment. Pas discrètement. Non, elle avait claqué la porte, laissé un mot sur la table, vidé le frigo et bloqué tout le monde sur Twitter. J'ai hésité à répondre. Puis j'ai imaginé un titre : *Désalignée : huit jours avec le Mal* ; sous-titre : *Analyse intersectionnelle d'un buffet à volonté*. J'ai compris qu'il ne servirait plus à rien de me défendre.

On ne réplique pas à un délire collectif. On le traverse. Comme une rumeur de guerre ou une alerte attentat déclenchée par un sac oublié dans un hall d'hôtel.

C'est ce jour-là que j'ai compris qu'il me fallait une nouvelle méthode pour affronter les flots d'absurde que la vie avait décidé de m'envoyer à pression constante. Pas une stratégie de communication ou une mise au point, mais un tuba. Un masque. Une paire de palmes mentales. Pas pour respirer mieux. Juste pour continuer à ouvrir les yeux sous l'eau sans éclater de rire… ou avaler la mer entière.

Ce jour-là, j'ai compris que mes précautions syntaxiques, mes plans de communication intérieure, mes tentatives d'auto-régie n'y changeraient rien. J'étais devenue un personnage secondaire dans une série écrite sans moi, dont le scénario reposait sur une seule idée : et si elle était en train de virer facho sans le savoir ?

La vérité ? Je n'étais pas avec elle. Mais l'algorithme, lui, avait déjà booké les billets, imprimé les bracelets *all inclusive* et prévu un buffet avec option clash civilisationnel. Et, bien sûr, c'est moi qui ai payé la taxe de séjour.

II

Ce que le féminisme pourrait sauver

8

Penser les reconfigurations du genre

Il y a des indices qui ne trompent pas. Des signaux faibles que l'on observe d'abord comme des curiosités, puis on comprend qu'ils sont des basculements. Encore faut-il savoir les regarder. Parmi eux figure l'évolution de notre rapport au genre, à l'orientation sexuelle, et plus encore au rôle social des hommes. Les enquêtes récentes montrent que les catégories classiques sont en train de s'effriter. Les jeunes femmes se disent de moins en moins exclusivement hétérosexuelles. De plus en plus de jeunes hommes semblent, quant à eux, en retrait, méfiants vis-à-vis de leur propre rôle social, hésitants à nommer ce qu'ils désirent ou ce qu'ils sont. Cela ne dit pas que tout change d'un coup, mais que quelque chose se déplace. Que les grands récits de la virilité, tout comme ceux de l'assignation féminine, sont en train de devenir intenables. Ce n'est pas un début de reconstruction, mais une phase de trouble. Et ce trouble mérite d'être analysé, pas stigmatisé.

Une enquête de l'Institut national d'études démographiques (INED), publiée en avril 2025, pointe par exemple que « la proportion de femmes âgées de 20 à 29 ans qui ne se disent pas hétérosexuelles a été multipliée par cinq entre 2015 et 2023, et celle des hommes de la même tranche d'âge par quatre ». Le pourcentage qui croît le plus est celui des personnes qui s'identifient comme bisexuelles ou pansexuelles, à savoir désirant des personnes indépendamment de leur sexe. Celles et ceux identifiés comme tels, âgés de 20 à 29 ans, ont vu leur nombre multiplié par un peu plus de six entre 2015 et 2023, soit près de 4 % chez les hommes et près de 14 % chez les femmes.

Ce glissement discret mais constant illustre une mutation structurelle : non pas un rejet des identités, mais une méfiance croissante envers les catégories fixes. Dans certains milieux, ce trouble a même un nom, on parle dans le monde anglo-saxon de *label fatigue*. Une lassitude à l'égard de la prolifération des étiquettes, qui étaient pourtant censées libérer en rendant visibles certaines identités. Plusieurs enquêtes menées dans la communauté LGBTQIA+ ont ainsi montré que ce qui avait d'abord été vécu comme un espace de respiration – pouvoir enfin se nommer, se situer, peser politiquement en tant que communauté – devient parfois une source d'épuisement. Car il faut se désigner. Expliquer. Rentrer dans un mot et s'y tenir. C'est cette saturation-là que beaucoup de jeunes expriment aujourd'hui, sans toujours savoir l'énoncer clairement. Il ne s'agit pas d'un rejet de l'égalité ni d'une peur du progrès. C'est une usure du langage prescriptif, une fatigue de devoir coïncider avec une case définie. Une envie, aussi, de chercher sans immédiatement devoir se figer.

Il est régulièrement question dans le débat public de révolution des normes, de libération des corps, de fluidité des identités. Mais derrière ces mots, il faut nommer ce qui est moins visible et pourtant plus profond : un décrochage symbolique de toute une partie de la jeunesse vis-à-vis des catégories classiques de genre, de désir, de rôle. C'est un basculement silencieux, désorganisé, mais réel. Si la part des jeunes femmes qui se définissent comme exclusivement hétérosexuelles diminue fortement, ce n'est pas parce qu'elles ont « changé » d'orientation, mais qu'elles se méfient de ce que les mots, ceux des politiques et du débat public, fixent et figent. Chez les jeunes hommes, c'est autre chose : ils ne glissent pas vers une nouvelle identité, ils se dérobent à un rôle devenu intenable. Ils se taisent davantage ou doutent sans formuler. C'est une fuite du script plutôt qu'une réinvention.

Ces mouvements ne sont pas une excentricité de jeunesse, ils expriment une lassitude des rôles sociaux trop rigides, une défiance vis-à-vis des assignations. La virilité performative, conquérante, confiante est devenue pour beaucoup impossible à habiter. Elle sonne faux. Elle ne leur parle plus. Mais aucune alternative claire ne s'est encore imposée. Certains jeunes hommes décrochent, d'autres se raidissent. Beaucoup s'enfoncent dans le silence. Ils ne contestent rien ouvertement. Ils sont confrontés à l'impossibilité de dire ce qu'ils sentent sans risquer d'être perçus comme dominants, plaintifs ou déplacés.

Ils n'interviennent pas dans les débats, ils se tiennent dans les marges. Ce ne sont pas les figures du *backlash* masculiniste. Ils ne veulent pas reprendre leur place, simplement comprendre où elle est passée. Ils ne savent plus trop comment se tenir. Ils ne savent pas ce qu'on attend d'eux. D'ailleurs, la plupart du temps, on ne leur demande rien. Ils ne rejettent pas l'égalité. Ils redoutent de disparaître sans procès.

Le féminisme pourrait leur faire peur. Ou bien leur offrir un passage. Un lieu pour sortir du silence sans redevenir ceux qu'ils ne veulent plus être, un espace pour penser leur trouble, sans avoir à s'excuser ni à s'imposer. Il ne s'agirait pas de leur imposer un nouveau modèle masculin prêt à l'emploi, simplement de leur permettre d'habiter autrement la masculinité sans devoir la défendre ni la rejeter. Or, aujourd'hui, la question du genre ne cesse de se polariser dans le débat public. Elle devient guerre de camps et clash d'identités. Le trouble des hommes est instrumentalisé par la propagande masculiniste. Mais dans la vie réelle, ce qui se joue est plus fragile et moins visible : la lassitude des scripts écrits pour se couler dans les codes de la culture du buzz et du clash. Dans cette lassitude, il n'y a pas que des femmes qui décident de se mettre en marge des figures imposées. Il y a aussi des hommes qui ne veulent plus coïncider avec des figures archétypales dépassées.

Je crois qu'il nous faut voir ce trouble comme une matière à penser et non un danger. Car si rien ne se construit avec eux, ils se replieront dans des formes de dureté qui ne sont jamais très loin et que les ennemis du féminisme savent très bien exploiter. Chaque jour, sur les réseaux, dans les forums en ligne ou auprès de chatbots, des garçons confient leur confusion. Ils sont moins haineux qu'habités par une peur vague, celle de ne plus avoir de place. Ils ne rejettent pas l'égalité, pas frontalement en tout cas, mais redoutent d'être effacés, moqués, assignés à une faute qu'ils ne comprennent pas toujours.

On parle souvent de reconquête virile, comme s'il s'agissait d'un fantasme agressif. Mais la plupart de ceux qui s'y accrochent viennent juste d'un lieu où la fierté a disparu. Où les garages ferment, où les usines ne réembauchent pas, où les pères se taisent. Il ne reste que le foot, la salle de sport, les jeux vidéo, parfois la colère. Leur avenir n'est pas détruit par les femmes, mais par une société qui n'a rien prévu pour eux quand elle a basculé dans les services et les récits sur soi. À eux, on ne propose ni récit de rédemption, ni horizon symbolique. On leur propose de se taire. De se montrer virils sur YouTube… ou humiliés dans la vraie vie. Ce que je dis là ne relativise en rien les inégalités persistantes entre les sexes. Mais je crois qu'il faut dire que certains hommes, eux aussi, vivent un vide symbolique qu'il est nécessaire de nommer.

Les femmes, aujourd'hui, ont commencé à produire des figures visibles de transformation : des artistes, des actrices, des écrivaines, des intellectuelles donnent à voir une parole incarnée, capable de dire la honte et la reconstruction. Ce sont des récits imparfaits, souvent contestés, mais ils existent. Ils offrent des formes d'identification, des issues de secours. Les hommes, eux, n'ont presque rien entre le silence honteux et la virilité caricaturale[1]. Ils n'ont que très peu de figures publiques qui leur montrent comment se relever autrement. Ceux qui parlent sont souvent moqués, ceux qui crient sont immédiatement captés par les logiques d'opposition virale. Il ne leur reste que les extrêmes : Andrew Tate, Papacito ou rien. Ils ne rejettent pas le féminisme. Ils n'ont aucun récit à eux pour renaître. Ce n'est pas qu'ils croient encore à la grandeur, mais qu'on les a déshabillés de tout ce qui pouvait leur donner une forme de force tranquille, de reconnaissance stable. Je crois qu'ils veulent juste arrêter de se sentir inutiles. Et s'ils ne trouvent personne pour nommer ça sans les ridiculiser, ils iront chercher un récit qui leur rende au moins le droit de ne pas s'excuser d'être là.

Je redoute moins leur colère que leur silence et leur solitude. Car c'est là que naît le ressentiment. Et le ressentiment, quand il est bien orchestré, devient un levier politique.

Le féminisme, s'il veut continuer à transformer le monde, doit donc oser regarder le trouble masculin en face. C'est la seule manière de le désamorcer et d'éviter qu'il ne devienne une arme contre les femmes.

1. James Bloodworth, *Lost Boys. A personal journey through the manosphere*, Atlantic Books, 2025.

Fragment de survie médiatique 5

Kamikaze en col roulé

Là, vous vous dites : « Non, elle a osé ! Les femmes prennent cher depuis des siècles… et elle, elle pense aux hommes perdus dans leur virilité floue ? »

Oui. C'est moi. Bonjour.

J'ai un léger problème avec le timing moral de la société. Je ressens une forme d'attraction irrationnelle pour les causes impopulaires, les figures mal-aimées, les gens qu'on n'a pas le droit de défendre cette semaine. J'ai écrit que certains élus étaient fatigués mais sincères. Résultat : mon effigie en pâte à sel a été brûlée en réunion de rédaction, sous les applaudissements de la gauche autorisée par Mediapart. J'ai critiqué la haute fonction publique : j'ai été accusée de ressentiment anti-méritocratique. J'écris sur les hommes qui ne savent plus comment être : je serai accusée de syndrome de Stockholm soft. Je dis les choses, toujours sur le même ton, toujours poliment, avec une syntaxe impeccable, et souvent un pull gris. J'appelle ça la stratégie kamikaze en col roulé : tu avances doucement. Tu lèves un sourcil. Tu dis : « Peut-être qu'il faudrait aussi les écouter, eux. » Et tu déclenches un effondrement de réputation dans un cercle restreint de gens très sûrs d'eux. Mais je continue. Je ne sais pas faire autrement. Je suis équipée pour les zones grises, pas pour les drapeaux. Dans mon sac, j'ai toujours un carnet pour noter les réactions outrées. C'est ma façon à moi de faire de la sociologie comparative.

Un jour, j'ai compris que je n'étais pas floue. J'étais juste trop ambivalente pour les radicaux et trop polie pour les algorithmes. Peut-être que je suis juste ça : un angle mort qui écrit. Je ne suis pas une menace. Je suis une erreur 404 dans le logiciel militant. Une silhouette lisse dans une guerre d'emblèmes. Un bug syntaxique dans une époque qui ne comprend que le cri. Parfois, j'ai peur de déclencher un incendie qui finira sur BFM en bandeau rouge : « Une féministe non classée met le feu à l'agora en portant du cachemire. »

9

Nommer le grand basculement

On dit que les femmes manquent d'ambition. C'est hélas trop souvent vrai. Alors je vais être claire : ce que je défends ici, c'est un féminisme qui ne cherche pas seulement l'égalité. Je veux un féminisme qui cesse de s'excuser de penser et tente de sauver ce qui peut encore l'être de notre civilisation. Ce qu'elle a de meilleur.

Pendant qu'un pouvoir encore trop masculin s'évertue à combattre un grand remplacement fantôme, je propose donc que les féministes s'attaquent au grand basculement symbolique que personne ne nomme. Parce qu'il conduit à l'effondrement démocratique. Or de très nombreuses études le montrent, les premières victimes de la régression démocratique sont toujours les femmes[1]. Le féminisme ne peut exister en dehors

1. Voir notamment : C. Roggeband, A. Kriszán (dir.) *Democratic Backsliding and the Backlash against Women's Rights*, UN Women, 2020 ; Yeşim Arat, « Democratic Backsliding and the Instrumentalization of Women's Rights in Turkey », *Politics & Gender*, vol. 18, n° 4, 2022 ; Dr. Hedy Fry (dir.), *Fostering Free and Inclusive Societies: The Role of Civil Society in a Time of Democratic Decline*, rapport annuel de

des systèmes démocratiques. Il doit donc penser les conditions de leur survie.

J'ai appris à penser le monde dans des livres, avant de l'observer dans les sondages. Je l'ai lu souvent depuis la marge… et parfois à contresens de l'époque. Et je ne parle pas ici de Wolfe, de Houellebecq ou d'Ellroy pour faire diversion ou pour provoquer. Je veux simplement montrer que ce que nous appelons démocratie commence là : dans ce qui nous relie malgré le désaccord, dans ce qui nous traverse, dans ce qu'on lit. La lecture structure le regard que l'on porte sur le monde. Du moins, c'était le cas dans la société dans laquelle j'ai grandi. Quand on lisait encore.

Pour moi, Houellebecq incarne à lui seul la version la plus admise – et la plus décorée – du masculinisme, celle qui maquille le désengagement affectif en lucidité supérieure et transforme la haine du lien en style validé par les élites. Il est une esthétique de repli pour nos dirigeants. Houellebecq, à mes yeux, c'est la désaffiliation émotionnelle et le désenchantement scénarisé. La tentation, trop présente à notre époque, de la lucidité sans courage. Le renoncement à sauver ce qu'il a souvent si bien nommé.

Je le lis. J'admire sa prose. Mais je ne peux m'empêcher de le lire avant tout comme un immense gâchis. Pas un gâchis littéraire. Un gâchis politique. Pour moi, c'est une défaite

---

l'OSCE PA, 2024 ; *Women, LGBTQI+ Rights, and Democratic Backsliding in the United States*, Fondation Carnegie pour la paix internationale, 2024.

maquillée en vision. Or je crois encore que l'on peut parler d'effondrement sans apocalypse viriliste. Houellebecq avait entre les mains la plus belle lucidité du siècle. Il a vu avant les autres la fatigue des corps, le délitement des liens, la misère sexuelle, l'agonie des mots. Il aurait pu en faire un regard qui soigne, un langage qui répare. Il aurait pu nous rendre intelligents sans nous rendre amers. Parler à ceux qui tombent, leur dire qu'on peut survivre à la laideur du monde sans basculer dans le cynisme. Mais il a préféré le sarcasme comme digue contre l'amour, le dégoût comme preuve d'intelligence et le ressentiment comme esthétique. Il a figé le désastre dans sa langue pour ne plus avoir à lutter. Il a travesti la lucidité en haine du monde, faute d'avoir le courage de l'aimer. Et de s'aimer lui-même, peut-être. Ce qui est dangereux, c'est moins son regard sur le monde que la manière dont il ferme les autres voies d'accès au réel, en les disqualifiant comme on referme une porte après soi pour empêcher ceux qui vivent encore d'avancer. Je le lis comme une manière de nous enfermer dans sa lâcheté. De nous faire croire qu'on ne pourrait plus regarder le monde en face sans le détester. Je ne conteste ni son regard ni sa vision. Je regrette ce qu'il en fait. Ce que j'ai constaté, souvent, c'est que l'influence de Houellebecq sur nos élites n'est pas seulement littéraire. Elle est surtout existentielle. Il les a aidées à justifier leur fatigue, à transformer leur impuissance en forme d'élégance morbide. Il leur a offert une sortie de route présentable, un effondrement maquillé en clairvoyance. Un nihilisme validé par l'académie. Il aurait pu être un pont, mais il entraîne notre imaginaire dans une impasse. Il aurait pu creuser une brèche pour penser le lien autrement. Il a préféré enfoncer le clou de la désaffection, comme on enfonce sa propre solitude dans le corps des autres pour ne pas être seul à tomber.

Il ne nous reste donc plus qu'à écrire depuis ce qu'il a laissé en friche. Ce qui aurait pu pousser, s'il avait eu le courage de ne pas mépriser la vulnérabilité des autres pour se rendre supportable à lui-même. Je crois qu'il faut écrire depuis ce qu'il a regardé brûler en fumant à la fenêtre… car c'est là ce que je crois que le regard féministe doit réparer.

Je ne lui reproche pas de s'être retiré du monde. Je refuse simplement d'en faire un modèle. Car l'effondrement est réel. Mais il n'est pas là où il le désigne. Il ne s'écrit pas dans la détestation des corps ni dans les invasions barbares. Houellebecq aurait pu penser et mettre des mots sur le grand basculement qui est à l'œuvre. Il a préféré matérialiser un prétendu grand remplacement.

L'essentiel, pour moi, est ailleurs. Pas dans l'invasion qu'on nous vend. Mais dans une forme de glissement, de *basculement symbolique*[1] que nous ne savons pas encore bien nommer, et que les outils et concepts féministes pourraient contribuer à penser. Le féminisme pourrait intervenir pour protéger ce qui s'effondre sans bruit – la

1. J'emploie « basculement symbolique » pour désigner l'effondrement progressif de nos repères (langage, mémoire, récits partagés) qui fragilise le lien social et ouvre la voie à une crise démocratique silencieuse.

parole, l'attention, la mémoire, le commun. Il ne s'agit pas seulement d'un combat pour l'égalité, mais aussi d'une tentative pour empêcher que l'espèce humaine ne se rende définitivement inhabitable à elle-même.

Nous vivons une forme d'effondrement lent, non spectaculaire et non scénarisable, que la théoricienne féministe Lauren Berlant a déjà entrevu sous le nom de « crise de l'ordinaire », un moment où ce qui permettait de tenir – le langage partagé, l'intimité, le récit – se délite... mais sans effondrement visible. Aucune carte n'en rend compte, aucun sondage ou statistique. Pourtant, le délitement est là : nous vivons un basculement civilisationnel sans langage pour le dire. Un effondrement progressif des repères symboliques sur lesquels reposaient nos manières de penser, d'habiter la langue, d'exister ensemble. Ce que j'appelle « basculement symbolique », c'est la perte silencieuse d'un socle commun de narration – ce qui nous permet de nous raconter en tant que collectif et autorise chacun à trouver sa place dans le groupe –, depuis les mots disponibles pour nommer le réel jusqu'à la manière de tisser des liens avec l'autre. Loin du simple diagnostic théorique, c'est une perte de souveraineté symbolique. Une expérience ressentie par des millions de nos concitoyens. Ils la vivent comme une dépossession, car ce que l'on ne sait pas nommer finit toujours par nous ronger.

Ce basculement est difficile à décrire, car il est avant tout une fatigue diffuse. C'est une usure qui traverse tout : l'école, les mots, la mémoire, la politique, l'attention, la sexualité. Elle change notre rapport à la durée, à l'espace, au silence, à la parole, à l'écrit.

Il ne s'agit pas d'une crise de régime, mais d'une crise de la présence[1]. Ses symptômes commencent tout juste à être cartographiés : la chute de la lecture, l'addiction aux réseaux, l'effondrement de nos conversations, l'amnésie collective, la solitude endémique, la dépression des jeunes, le désengagement sexuel, la défiance vis-à-vis de la parole publique. La *fatigue de coïncider*, aussi. Car aujourd'hui, on nous somme de coïncider, en continu, avec l'image qu'on projette, avec les mots qu'on a dits hier, avec l'attente des autres. Et cela nous épuise, en silence. Nous sommes fatigués de devoir nous mettre en récit, sur Instagram, sur LinkedIn, à la machine à café. D'avoir un CV parfait, sans rupture, sans accident. De produire du soi racontable, valorisable… C'est une condition qui était autrefois réservée uniquement aux stars par la voracité du système médiatique et du voyeurisme populaire. Nous sommes fatigués de devoir exister en continu sous le regard social. D'être conformes, transparents, mais en gommant tout ce qui, dans l'intériorité, pourrait faire tache. Et cette fatigue-là ne se dit pas : elle se manifeste par des hésitations ou des regards absents. Chacun la traverse seul, mais nous en sommes tous affectés parce que l'espace numérique est devenu le lieu principal de la socialisation. Un

1. J'entends par « crise de la présence » la difficulté croissante à habiter pleinement le réel – par la parole, l'attention ou le lien – dans une époque saturée de flux numériques et de récits fragmentés.

lieu dont les codes étouffent une part grandissante de ce qui fait notre humanité.

La fatigue de coïncider, c'est ce que ressent un enseignant qui n'ose même plus douter en public, de peur d'être accusé d'incohérence, donc disqualifié par une époque qui valorise les avis fixes et tranchés. C'est une élue qui évite de dire qu'elle doute, parce qu'elle sait que l'époque ne pardonne plus l'ambivalence. Ou un jeune homme qui vacille sous les injonctions contradictoires – être sensible mais viril, engagé mais sobre, calme mais décisif – et qui finit par se taire.

Certains jours, je regarde mon propre profil Instagram et j'ai l'impression que quelqu'un d'autre a pris ma place. Une version plus nette, plus calme, mieux cadrée. Moi, mais en mode supportable. Et je me demande si liker cette image, c'est me rapprocher de moi ou m'en éloigner encore un peu… Peut-être qu'un jour, même mes souvenirs me reviendront recadrés. Comme si ma mémoire avait intégré les filtres.

Nous ne partageons plus un récit commun. La structure d'adhésion collective qu'est le langage est en cours d'effondrement. Nous n'avons plus en partage qu'un bruit de fond, un trop-plein de signaux et une angoisse de disparaître si l'on ne parle pas. Nous nous efforçons d'habiter l'espace numérique, puisqu'il est devenu le lieu privilégié de la projection collective, mais feignons d'ignorer que le fait de nous adapter à ses règles façonne en retour notre manière d'habiter le monde réel. Nous oublions que, dans le grand nuage numérique, le cerveau humain – et d'abord celui des enfants – est devenu un terrain de prédation économique. Notre attention est désormais traitée comme une matière première. Les jeux sont calibrés pour déclencher des boucles de récompense, les moteurs de recommandation formatent nos goûts avant même l'émergence du moindre désir, et les IA conversationnelles non supervisées s'imposent dans tous nos usages. Tout est conçu pour coloniser notre intériorité et rentabiliser ce lieu où se forment nos pensées, où le doute et le réel s'entrechoquent. Il ne s'agit plus de nous distraire mais de capter, et même de *capturer*. On maximise le temps de cerveau disponible sans qu'il ne soit plus possible d'éteindre la TV. On court-circuite la pensée par des écrans auxquels il n'est plus possible d'échapper, ni au travail, ni dans le débat public, ni dans les relations amicales ou amoureuses. C'est ainsi que l'économie de l'attention impose ses règles : ce qui est dit doit se partager, se résumer et surtout percuter. Les penseurs sont marginalisés au profit des performeurs. Les affects remplacent les idées. Les arguments cèdent la place aux injonctions ou à la tentation de la disqualification identitaire.

À l'heure où les candidats à la prochaine élection majeure affûtent leurs arguments et étalent leurs propositions, je crois que l'essentiel est oublié : empêcher cette économie-là de dicter les termes du débat public. Car si l'on se contente des cadres imposés par les plateformes, il ne restera bientôt plus que des affects, des rôles, des tribus, des tranchées. Le doute, la contradiction, l'échange sincère : tout cela est un *continent en voie de disparition.* Et si personne n'essaie d'arrêter ce grand basculement, il ouvrira tôt ou tard la voie à un effondrement démocratique.

Ce qui est en cause ici n'est pas tant la technologie que l'absence de limite, l'effacement des frontières symboliques entre l'intériorité et le marché. Car une société qui ne protège plus la formation de l'attention, de la mémoire, de l'imaginaire n'a plus rien à transmettre. Ni récit, ni promesse. Ni même de langage pour les formuler.

On dit de plus en plus souvent que les récits ne tiennent plus. Encore faut-il préciser pourquoi. Ce ne sont pas seulement les récits politiques qui sont discrédités, mais aussi toutes les formes de narration collective. Les mots qui les portaient sont devenus trop usés, trop insincères. Ils sont saturés par une réalité qu'ils n'arrivent plus à contenir. Les mots comme « justice », « progrès », « liberté », « égalité », « engagement », tout ce qui faisait autrefois récit, explosent comme des bulles de savon. Ils ont été trop répétés, réduits à l'état de marchandises, détournés, sacrifiés par une communication politique utilisée pour compenser un déficit de vision et d'actes concrets. Ils ne portent plus la société. Ils ne nous lient plus.

Je ne nomme pas ici un simple problème rhétorique, ou un déficit que l'on pourrait combler en augmentant le nombre de mots dans le dictionnaire. Ce qui est à l'œuvre est une mutation anthropologique. Dans un espace numérique qui accélère et assèche tout, le langage a changé de nature. Il ne sert plus à construire du commun, mais à produire de la présence. À maintenir un flux. On ne parle plus pour raconter, pour embarquer ou contredire, mais pour rester visible. C'est ainsi que les récits s'effondrent ; ils ne peuvent plus se former dans une grammaire – celle des réseaux – qui ne supporte ni la complexité, ni la durée, et encore moins l'inconfort.

L'imaginaire collectif suppose une zone de trouble partagée, un lieu où nos aspirations et nos désirs s'entrechoquent avec la réalité. Or, aujourd'hui, tout est immédiatement capturé, amputé, simplifié, coupé en tranches pour être ensuite converti en contenu. C'est cette accélération-là qui assèche l'imaginaire, car elle interdit les contradictions, exige de l'adhésion immédiate et transforme toute parole en posture. Dans le débat public, la vérité n'a plus à être construite. Il suffit qu'elle soit plausible, partageable et performative. *Vraisemblable.*

Le danger aujourd'hui, ce n'est pas un camp. C'est une structure attentionnelle qui détruit notre capacité à penser ensemble. Bien plus que des récits, nous avons perdu *la possibilité d'un imaginaire commun.* Un espace où l'on pourrait encore douter ensemble, chercher ensemble, se contredire sans être disqualifiés.

Nous nous retrouvons désenchantés. Non pas trahis par un événement précis, mais dissous lentement par une époque qui a vidé les mots de leur poids. Et parce que l'humanité est en train de se plier aux règles de l'économie de l'attention, certaines facultés humaines fondamentales deviennent suspectes. On disqualifie les émotions qui ne produisent pas une réaction immédiate, un clic ou un clash. On efface en silence les récits non formatés et les individus qui refusent de se conformer aux standards du marché. Ce régime de visibilité produit une logique étrange : il exige des individus qu'ils soient émotionnellement disponibles, mais sans jamais leur garantir l'écoute, la réparation, ou même l'accueil réel.

On attend que nous exprimions nos fragilités, que nous fabriquions de la confession, que nous convertissions nos douleurs en récits partageables, mais ce système prélève sans jamais restituer. Il exige que chacun donne de lui : son empathie, sa diplomatie, sa vulnérabilité… mais il externalise entièrement le coût de cette exposition. Il valorise les affects, mais les instrumentalise. Il exige que l'on tienne, mais ne tient pour personne. C'est pourquoi le fait de « fonctionner » dans la vie professionnelle – mais aussi, de manière amplifiée, dans la vie médiatique et politique – relève de plus en plus d'un *état dissociatif collectif*. On ne vous interdit pas de souffrir, on vous apprend à ne pas y réagir si cela ne produit pas du récit cliquable. Il faut rester fluide, productif, disponible, mais sans affect. C'est cette amputation émotionnelle librement consentie que produit, à grande échelle, le capitalisme cognitif. Car le capitalisme ne produit pas seulement de l'aliénation en nous transformant en sujets consommateurs. Il nous a aussi transformés en objets consommables. En producteurs d'affects monétisables. La sociologue Eva Illouz nous enseigne ainsi que la subjectivité (l'amour, le soin, la douleur) est devenue un capital émotionnel à exposer, à optimiser et à convertir[1].

1. Eva Illouz, *Les Sentiments du capitalisme*, *op. cit.*

Pour cela, on nous divise. Le capitalisme cognitif nous impose, dans le travail, de ne rien ressentir et d'absorber. De dissocier, par stratégie de survie sociale. Et sur les réseaux, de tout ressentir. Et de le montrer. Nous devons donc être ultra-fonctionnels dans la sphère productive et ultra-expressifs dans la sphère visible. *Ne pleure pas au bureau. Pleure dans une story. Ne t'effondre pas dans la vraie vie. Écris un post sur ta résilience. Et n'oublie pas de monétiser l'enterrement de ta grand-mère.*

La dissociation, cette amputation émotionnelle stratégique que nous pratiquons, souvent à notre insu, pour mieux se mettre en récit, est ainsi devenue une condition de participation au jeu social. Et cela produit une dette affective, invisible mais massive, qui structure une époque où l'on se vide en silence pour que le collectif puisse continuer à faire semblant de tenir. Tout va trop vite pour que quelque chose s'imprime, et trop fort pour que cela reste. Pendant qu'on sature l'espace public d'opinions, de scandales et de conflits, de récits héroïques et d'effondrements bien scénarisés, quelque chose d'essentiel est en train de disparaître.

Le basculement n'est pas seulement une impression diffuse ou une lassitude intime. Sa possibilité est aujourd'hui confirmée par des travaux qui replacent nos inquiétudes dans la longue durée historique. Luke Kemp, chercheur au Centre for the Study of Existential Risk (université de Cambridge), a étudié l'essor et l'effondrement de plus de quatre cents sociétés sur cinq millénaires. Dans *Goliath's Curse*[1], il montre que notre civilisation mondialisée présente les mêmes fragilités que celles qui se sont écroulées avant elle, mais avec une différence décisive : l'interdépendance planétaire et technologique rendrait un effondrement contemporain à la fois plus probable et plus brutal. Kemp appelle « Goliath » chacun de ces systèmes colossaux fondés sur la coercition, les élites prédatrices et des infrastructures vulnérables, dont la chute est presque toujours auto-infligée.

Ce diagnostic systémique éclaire ce que nous éprouvons dans nos existences ordinaires : la désactivation de la parole, la dictature de l'instant, la fatigue démocratique. Autrement dit, l'effondrement ne se réduit pas à des courbes ou à des modèles, il se vit déjà, dans nos corps saturés, nos conversations impossibles, nos récits brisés. Si Kemp décrit la fragilité structurelle des civilisations, j'essaie de dire ici comment elle se rejoue à l'échelle du sensible. Le grand basculement n'est pas une catastrophe à venir, il est déjà inscrit dans nos façons d'être ensemble.

On parle sans cesse de *grand remplacement*, parce que c'est scénarisable. Or le fantasme d'une invasion extérieure permet d'éviter ce que personne ne veut ou ne sait nommer : le véritable basculement est intérieur. Ce que nous vivons n'est pas une attaque, mais un effritement lent de tout ce qui tenait ensemble l'existence, le lien, le soin, la durée, la réciprocité. Lauren Berlant

1. Luke Kemp, *Goliath's Curse: The History and Future of Societal Collapse*, Penguin, 2025.

appelait « optimisme cruel » cette promesse moderne de mieux-être qui, au lieu de nous porter, finit par nous user. Silvia Federici l'a montré sous un autre angle : quand le lien, l'attention et la reproduction symbolique sont niés, ce ne sont pas seulement les femmes qui s'effacent mais la possibilité même d'une société habitée. Donc je crois que ce basculement, il faut le nommer avec les outils d'un *féminisme de réparation symbolique*[1]. Un féminisme qui n'a pas pour seule fonction de désigner les fautes, mais de voir ce que le pouvoir algorithmique efface : le *care*, le commun et la possibilité même du lien.

Pendant ce temps, le système médiatique fabrique des images. Il donne à voir des ombres agitées au premier plan, pendant que le décor, lui, se recompose en profondeur. Toute l'époque tient dans ce paradoxe : ce qui nous structure ne se voit pas, et ce que l'on voit est souvent une diversion. Le spectaculaire remplace le réel, le vraisemblable supplante le vrai, l'image masque la structure et, pendant que l'on débat d'illusions, quelque chose se referme. Peut-être que, dans quelques années, quelqu'un tombera sur mes textes et se demandera pourquoi j'ai mis autant de mots à dire que notre civilisation était en train de disparaître.

---

1. Par « féminisme de réparation symbolique », j'entends une proposition politique qui vise à restaurer les conditions symboliques de la démocratie (langage, lien, attention, transmission) face à leur effondrement progressif. Il ne cherche ni purification morale ni bannissement, mais défend la nuance, la lenteur, la possibilité du retour et le droit d'exister autrement que dans la transparence ou l'adhésion inconditionnelle.

Fragment de survie médiatique 6

Ce féminisme n'est pas validé par le comité de rédaction

Je parle de féminisme en citant Tom Wolfe, Bret Easton Ellis, James Ellroy, Billie Eilish et Mylène Farmer. Et je sens bien que ça crispe un peu. On ne me le dit pas frontalement. Mais je vois les sourcils. Je vois le silence. Je vois ce moment précis où quelqu'un se demande si je ne confonds pas un essai politique avec un *Power Ranking* des divas post-traumatiques.

J'avoue. Je ne cite pas Judith Butler à chaque page. Je n'ai pas relu Beauvoir cette année. J'ai un rapport un peu confus à la sororité – je la pratique mieux en silence, dans l'admiration lointaine. J'aurais pu faire simple. Tenir un discours propre, avec les bons mots-clés. Insérer « sororité radicale », « injonction à la performance émotionnelle », « réappropriation des récits » à intervalles réguliers. Écrire « le corps comme lieu de conflictualité » au début et « réinvention du sensible » à la fin. Mais voilà, j'ai écrit sur Farmer qui se tait en direct. Et sur ce que ça m'a fait.

À ce stade, je comprends que les gens hésitent : « Elle est givrée ou elle fait exprès ? » Je les comprends. Je pense la même chose de moi trois fois par semaine. Mais le plus drôle, c'est que ça marche. J'ai appris davantage sur la domination masculine en écoutant Lady Gaga que dans dix séminaires sur la performativité du genre. J'ai compris la honte intériorisée dans *American Psycho*, entre deux scènes de tronçonneuse. J'ai ressenti la charge mentale affective d'une femme en responsabilité en regardant Mylène Farmer marcher lentement sur scène, comme si chaque pas était une négociation avec le vide. Ça a l'air pop. Ça a l'air suspect. Pourtant, c'est là que ça pense encore. Là que je ressens. Là que j'habite le politique.

Je sais bien que c'est étrange. Quand on a pris l'habitude de penser la politique entre deux émissions de débat, dans des lieux où tout le monde cherche à ne plus rien ressentir pour survivre, la parole qui vient d'un clip, d'un roman dérangeant ou d'un souvenir sensoriel paraît suspecte. Parfois, moi-même, quand je me relis, j'ai l'impression d'être une analyste politique infiltrée dans un fan-club gothique. Ou une docteure en rage contenue, option playlist Apple Music. Par moments, je me dis que tout ça finira sur un T-shirt : « Déconstruite, contrariée, calibrée pour le hors-champ. » Mais j'accepte d'être classée comme cas limite. À ceux qui me jugent de loin, je propose un échange équitable : je ne vous oblige pas à citer Lady Gaga. Mais vous ne m'empêcherez pas de penser que la politique reste vivante grâce à des gens comme elle.

10

Voir ce que l'on voit

> « Il faut toujours dire ce que l'on voit ; surtout, il faut toujours, ce qui est plus difficile, voir ce que l'on voit. »
>
> Charles Péguy, *Notre jeunesse*, 1910

Notre incapacité à *percevoir ensemble* est un des symptômes les plus sourds du basculement symbolique en cours.

Parfois, il me semble que nous assistons à la même scène, mais depuis des pièces séparées. Chacun voit. Mais plus personne ne voit avec. Le réel ne se brouille pas, c'est notre faculté commune à le reconnaître qui défaille. Nous ne manquons pas d'informations, ni même d'images ; ce qui fait défaut, c'est la possibilité de les habiter ensemble et de leur donner un sens. Dans ce brouillage cognitif, dans ce désalignement progressif des regards, je crois que les outils forgés par le féminisme peuvent encore nous aider à reconstituer une attention partagée, une manière de regarder un monde toujours plus rapide et complexe… sans renoncer à la nuance.

Le féminisme, ici, n'est pas une cause parmi d'autres. Il porte une exigence éthique sur la manière dont on perçoit – ou dont on refuse de percevoir – ce que la société relègue. Ce que Lauren Berlant appelait « l'intimité politique du regard », cette capacité à rester attentif à ce qui tient encore en silence, au lieu de ne voir que ce qui craque bruyamment.

Nos manières de penser, elles aussi, sont devenues des filtres. Quand on pense à partir des formats du clash ou du buzz, on ne pense plus le lien. Quand on pense à partir des formats de la communication politique, on ne pense pas le lien. Quand on cartographie la France à partir de ses périphéries, on ne voit pas les clivages attentionnels invisibles qui structurent notre rapport à la politique. Quand on pense à partir du prisme comptable qu'affectionnent les hauts fonctionnaires, on ventile, on segmente et on fragmente. Quand on pense à partir de grilles de lecture mal comprises ou vite digérées, on s'empêche de voir leurs angles morts. Et l'on confond alors complexité et morcellement, nuance et neutralisation. Le prisme archipélique en est aujourd'hui le meilleur exemple. Il est devenu carte, puis grille, puis filtre exclusif. Je ne veux pas attaquer Jérôme Fourquet. Son travail est rigoureux, ses cartes sont précieuses. Il a offert un langage utile pour décrire le fractionnement géographique, culturel, religieux et électoral de la société française. J'ai souvent utilisé moi-même ce cadre. Mais je mesure aujourd'hui à quel point cette grille, à force d'être reprise comme une évidence, a pu refermer notre capacité d'imaginer d'autres formes d'unité. Je veux donc alerter sur ce que ce regard produit, à force d'être adopté comme *cadre cognitif dominant de l'élite politique et administrative*. Comme tous les prismes dominants, le prisme archipélique ne se contente pas de décrire : il modèle. Il détermine ce que l'on juge visible, pertinent, actionnable. Il pousse les politiques publiques à ne penser qu'en termes de discontinuité, et jamais de continuité symbolique. Il justifie le ciblage. Il infiltre les logiciels électoraux comme les algorithmes de l'action publique : il faut cibler, segmenter, parler à chacun dans sa langue – sans plus chercher à consolider l'espace symbolique commun. Ce faisant, il rend presque impensable et inaudible l'idée même de lien transversal.

Lorsqu'on ne regarde la société qu'à travers ce prisme, on ne pense plus qu'en termes de tension et de divergence. Et cette lucidité apparente devient un format. Une norme du regard social. Elle ne décrit pas seulement le réel, elle le fabrique. Elle participe de ce que l'historien William Sewell appelait une « structuration du pensable » : ce que nous jugeons possible, pensable, légitime, ne vient pas du réel, mais des outils que nous utilisons pour le voir. Autrement dit, comme le savent bien les théoriciens féministes : tout regard dominant devient producteur de réalité. Et quand ce regard ne perçoit que les lignes de fracture, la société devient un enchevêtrement de frictions, jamais un lieu de médiation.

Penser la société uniquement à partir de sa conflictualité, c'est céder l'imaginaire du commun à ceux qui le recycleront en récit autoritaire. C'est transformer l'action politique en gestion de l'incompatibilité. Et, à terme, en gouvernement par assignation. J'aimerais que l'on réapprenne à voir le lien non comme une nostalgie, mais comme une tâche. Un effort d'attention méthodique aux lieux, aux gestes de transmission et aux expériences communes qui n'entrent dans aucun récit identitaire, mais qui relient. Ce regard-là, je le qualifie de *female gaze*[1]. Il n'est pas un regard biologique, encore moins une spécialité féminine. C'est pour moi une manière de chercher à voir sans capturer et d'exercer l'attention sans la convertir en domination. Ce regard-là ne cherche pas à réduire ni à posséder. Il ne se confond pas avec l'émotion ou la douceur, il est beaucoup plus exigeant que cela. Il accueille et résiste à la tentation de juger trop vite ce qu'il perçoit.

Peut-être que le féminisme, ici, n'est pas seulement une grille de lecture. C'est un exercice de regard, pas seulement sur les femmes ou depuis elles, mais sur la société tout entière. Une école de perception lente et lucide.

Je pense aussi à ce que Pierre Rosanvallon a rendu visible : une démocratie d'interaction,

1. Le *female gaze*, souvent pensé en miroir du *male gaze* théorisé par Laura Mulvey (« Plaisir visuel et cinéma narratif », *op. cit.*), désigne au départ un contre-regard féminin sur la représentation des corps, notamment au cinéma. Dans ce texte, je m'en éloigne volontairement pour en proposer un usage élargi : non comme une esthétique du désir inversé, mais comme une éthique de la perception. Le *female gaze* devient ici une manière de voir sans captation, de soutenir un regard ni prédateur, ni simplificateur, apte à accueillir les formes faibles du commun – attention, silence, nuance, lien.

attentive à l'infra-politique, à l'invisible du lien social. Je pense également à Sandra Laugier et à son travail précieux sur les « liens faibles », ces formes discrètes d'attention, de soin qui structurent nos vies aussi sûrement que les appartenances visibles[1].

Ces penseurs (comme les féministes du *care* ou de l'attention) nous rappellent que le lien ne se pense pas depuis le surplomb, mais depuis ce qui circule entre les gestes et entre les corps. Ce qui ne fait pas récit, mais qui fait société. Je pense à tous les signaux faibles que le regard politique, sous prisme archipélique, ne perçoit plus : le silence obstiné des jeunes hommes, les gestes minuscules des femmes fatiguées de devoir coïncider, les démissions discrètes de celles et ceux qui ne se reconnaissent plus dans aucun récit dominant. Ce ne sont pas des tribus mais des zones sensibles du commun, invisibles aux regards trop segmentés, car elles n'offrent ni chiffres, ni revendications, ni contours nets.

Tant que nous continuerons à croire, sans recul, au récit d'une société irrémédiablement éclatée, nous cesserons d'imaginer comment elle pourrait, malgré tout, se recoudre autrement. C'est cela, peut-être, l'enjeu politique du féminisme aujourd'hui : ne pas renoncer au lien simplement parce qu'un politologue a su, mieux que jamais, cartographier sa disparition. Je ne propose pas, dans ce livre, l'abandon du combat, ni de se retirer du débat, mais de refuser

1. Sandra Laugier, avec Alexandre Gefen, *Le Pouvoir des liens faibles*, CNRS éditions, 2020.

les prismes, les récits et les postures qui abîment ce qu'ils prétendent sauver. Il ne s'agit pas de proposer de ralentir pour fuir, mais pour voir plus juste. Pour voir ensemble, peut-être. Pour ménager une place à l'altérité. Pour laisser surgir ce qui restait enfoui dans le champ aveugle. Surtout, surtout, pour que la parole politique ne devienne pas un bruit de plus dans le vacarme d'un monde qui ne sait plus s'écouter.

Dans une société qui ne valorise plus que la vitesse, il est temps d'affirmer que ralentir n'est pas battre en retraite. C'est simplement refuser de parler la langue de ceux qui ne veulent plus voir.

Oser voir ce que l'on voit, c'est déjà résister. Et dans un monde qui dissocie pour mieux administrer, maintenir la perception ouverte est un geste politique. Si l'on continue à neutraliser ce qui dérange, ce ne sont pas les colères qu'on éteindra. Ce sont les ponts. Et quand le lien cède, la colère ne cherche plus un échange. Elle cherche un maître. Toute défaite politique commence toujours par un consentement à ne plus nommer. Et tant qu'il restera quelqu'un pour tenter de désigner ce qui se dérobe, sans certitude mais sans renoncement, alors je crois que la démocratie tiendra. Et peut-être que ce geste d'attention – voir autrement, nommer lentement, maintenir le fil du lien quand tout pousse à la séparation – est ce que le féminisme pourrait encore offrir à la démocratie. Ou plutôt, ce qu'il doit encore refuser de lui laisser perdre. Une mémoire du commun. Une façon de ne pas détourner les yeux. Même à contretemps. Même dans le noir.

Fragment de survie politique 3

Gaslighting

Le pouvoir ne fonctionne pas en traçant une ligne claire. Ni en multipliant les interdictions. Il préfère le flou. Le flou, c'est chic. Ça évite d'avoir tort. Le pouvoir ne dit pas : « Ceci est faux. » Il dit : « Ce n'est pas exactement formulé comme ça. » (Traduction : « Tu n'as rien compris, mais on va faire comme si. »)

Il ne nie pas ton émotion. Il l'encourage même, parfois… à condition qu'elle reste dans la ligne éditoriale du moment, bien marketée, avec une date de péremption. Mais si ton émotion vient perturber le récit officiel… alors elle devient :

– déplacée,
– excessive,
– pas stratégique,
– ou tout simplement « mal formulée ».

Tu aurais pu le dire autrement. Tu aurais dû attendre. Tu aurais dû prévoir que la vérité n'était pas à l'agenda ce mois-ci.

Le pouvoir ne dit pas non. Il t'encourage à « évoluer ». Il ne ment pas. Il « ajuste la communication ». Il ne t'humilie pas. Il t'invite à « gagner en maturité ». (Là, tu souris très fort, pour ne pas éclater en sanglots sur la moquette de la salle du Conseil.)

Tu dis : « Mais c'est contradictoire. » On te répond : « Tu dois faire preuve d'agilité. »

Tu dis : « Mais c'est un mensonge. » On sourit : « Non, c'est une narration contextualisée. »

Tu dis : « C'est injuste. » On soupire : « Tu manques de hauteur de vue. »

Et tu comprends que le problème n'est pas ce qu'on te demande de faire, mais ton incapacité à le faire en souriant.

Un jour, en réunion, quelqu'un dit : « On va requalifier le problème. » Tout le monde hoche la tête. Requalifier. Pas résoudre. Pas comprendre. Pas discuter. Requalifier. Et là, tu te dis : *C'est donc ça, l'action publique. C'est un jeu de société où l'on gagne quand on change les étiquettes sans toucher aux boîtes.* Tu deviens donc experte en gestion du flou. Tu t'excuses avant de parler. Tu dis : « Peut-être que je me trompe », même quand tu es sûre. Tu relis tes courriels trois fois pour retirer les phrases trop nettes. C'est toujours par le langage que ça commence.

– Un licenciement devient un « plan de mobilité externe ».

– Une bavure devient une « gestion de tension localisée ».

– Une manipulation devient une « stratégie d'adhésion douce ».

– Un mensonge ? Ce n'est pas un mot acceptable. Ce n'est jamais le bon mot.

On ne change pas les décisions. On change leur nom. Un jour, dans une note interne, tu lis :

« L'enjeu consiste à harmoniser les dissonances narratives pour limiter les frottements citoyens. » Tu te demandes si tu n'as pas lu un manuel de maintien de l'ordre écrit par un poète sous anxiolytique. Mais personne ne rit. Parce que tout le monde a appris à parler cette langue. Celle qui absorbe le réel sans jamais le nommer vraiment.

Toi, tu continues à voir ce que tu vois – mais tu comprends qu'en parler serait une faute de goût, de loyauté ou, pire, de ton.

Le cœur du mécanisme, c'est l'inversion de la charge de la preuve. C'est toi qui dois démontrer que tu n'es pas folle. Que ton ressenti n'est pas une névrose d'époque. Que ce que tu dis n'est pas une déformation émotionnelle du réel. Et plus le système devient absurde, plus on t'invite à devenir adulte. À « canaliser », à « comprendre les enjeux de temporalité », à « adopter une vision transversale ». Tu n'es pas confuse, c'est la grammaire du pouvoir qui rend tout *illogique* au point d'être *indiscutable*. Mais comme elle est fluide, apaisante, parfois même poétique, tu t'y plies. Tu apprends à moduler, relire à voix basse, t'ajuster sans bruit.

Un jour, tu écris un courriel disant : « Je comprends les tensions, je me tiens à disposition pour accompagner l'évolution. » Tu ne sais plus de quoi il s'agissait. Mais tu l'as formulé. Et ça suffit.

11

Gaslighting

Si Henri Queuille[1] observait notre époque, il dirait sans doute qu'il n'y a pas de problème qu'une reformulation ne puisse résoudre.

C'est ce que j'ai vécu, parfois, dans les sphères du pouvoir : une lucidité désactivée, non par censure, mais par reprogrammation douce. Je me souviens d'une réunion où un mot a suffi à provoquer un flottement. Pas un mot interdit. Un mot juste... mais mal situé. « On va le reformuler », a-t-on dit, comme on dégaine un adoucisseur syntaxique. Il ne fallait pas heurter. Il fallait ruser avec le réel.

Ce que j'essaie de décrire ici prolonge la réflexion précédente sur ce que le regard dominant désactive. On ne voit plus le lien, non parce qu'il aurait disparu, mais parce que tout est organisé pour que sa perception même devienne

1. Ancien président du Conseil des ministres (1951), connu pour avoir dit : « Il n'est pas de problème dont une absence de solution ne finisse par venir à bout », ou encore : « La politique ne consiste pas à faire taire les problèmes, mais à faire taire ceux qui les posent. »

suspecte. Après la structuration du pensable, voici venu le temps de la restructuration du sensible. Peut-être faut-il une pensée féministe du doute – celle qui refuse la simplification, celle qui maintient la question ouverte – pour continuer à regarder ce que l'on voit, même quand le pouvoir s'obstine à faire glisser le réel dans les angles morts. Personne ne vous interdit jamais de voir : on vous apprend simplement à ne plus nommer. À adapter votre langage, à filtrer vos perceptions, à ne pas trop troubler l'équilibre feutré des relations de pouvoir.

Or, il se trouve que ce mécanisme a un nom, hérité d'une pièce de théâtre de 1938 devenue un film : *Gaslight*[1]. Dans l'intrigue, un mari manipule peu à peu sa femme pour lui faire croire qu'elle perd la raison, en niant subtilement ce qu'elle voit, ce qu'elle sent. Le *gaslighting* institutionnel[2] correspond à la même mécanique, mais à l'échelle d'un système. Il fabrique du doute sur soi, une discipline molle de la parole qui neutralise sans réprimer. Ce qui se désactive là-haut, dans les lieux où l'on nomme, finit par s'effondrer en bas, là où l'on sent. Quand le sommet flotte dans un langage dévitalisé, le bas se remplit de vertige. Parce

---

1. *Gaslight* (*Hantise* en français), film américain de George Cukor, 1944, adapté d'une pièce de Patrick Hamilton, *Gas Light*, 1938.

2. J'utilise la notion de *gaslighting* institutionnel pour désigner une technique de pouvoir qui ne nie pas directement la réalité, mais brouille les signes – reformulation, euphémisation, flou, exagération – au point de faire douter les citoyens de leur propre perception.

que rien ne se dit vraiment, mais tout se ressent quand même. Voici trois exemples.

Exemple 1 – Le déni officiel d'une vérité connue

Tu sais, par recoupement, que tel ministre ment. Tu as vu le document. Tu as rédigé la note. Tu as été présente au moment où la décision a été prise. Mais le discours officiel dit le contraire. Tu interpelles, mollement, par loyauté interne. On te répond : « Ce n'est pas faux, mais ce n'est pas communicable. » Et dans ce « mais », tout bascule. Ce que tu sais est exact. Mais tu ne peux pas t'en servir. Donc à quoi bon le savoir ? Donc, peut-être ne le sais-tu pas vraiment.

Exemple 2 – L'injonction contradictoire permanente

On te demande d'être audacieuse, mais prudente. Rapide, mais approfondie. Créative, mais sans jamais t'écarter du message. Chaque demande contient sa propre annulation. Chaque mouvement t'éloigne de toi. Tu n'es plus une professionnelle. Tu es une équilibriste. Tu es là pour concilier l'inconciliable sans faire de vague. Quand tu échoues, on dit que tu manques de souplesse. Quand tu réussis, on oublie que tu l'as fait dans l'absurde.

Exemple 3 – Le brouillage moral des responsabilités

On ne dit pas aux femmes : « Tu dois te taire. » On leur dit : « Es-tu bien sûre de ce que tu as ressenti ? » On leur dit : « Ce n'était peut-être pas volontaire. » On leur dit : « Tu n'as pas de preuve. »

Et surtout : « Tu sais ce que tu risques si tu ouvres la bouche ? » Il ne s'agit pas d'un mensonge. C'est une désactivation lente de la boussole intérieure. Or ce qui se passe dans le corps des femmes, dans les relations d'emprise, se passe aussi dans les institutions, les cabinets, les conseils de direction. On te délégitime sans t'attaquer. On t'efface en douceur.

Le fait que le mot *gaslighting*[1] vienne de l'histoire d'une femme qu'on pousse à douter de sa perception n'est pas un hasard. Tout comme le fait que ce sont les féministes qui ont le plus tôt nommé cette violence-là : la désactivation de la perception, l'effacement de l'intuition, la rééducation douce par le langage dominant.

---

1. Le *gaslighting* institutionnel est une nouvelle définition du soft power démocratique : non pas consensus, mais absorption des conflits dans une langue désactivée. Le concept s'inspire des recherches de Steven Levitsky et Daniel Ziblatt sur l'érosion démocratique (*La Mort des démocraties* [2018], Calmann-Lévy, 2019), qui analysent les formes contemporaines de manipulation politique par neutralisation progressive des contre-pouvoirs. Notre approche féministe de ce phénomène révèle comment cette technique, initialement identifiée dans les relations interpersonnelles de domination masculine, s'étend aux pratiques gouvernementales contemporaines.

Ce que je décris ici pour désigner les dérives de la communication politique moderne à l'ère de la défiance généralisée, ce n'est donc pas une simple transposition. C'est la généralisation d'un mode de gouvernement de la conscience, né dans le contrôle intime et étendu aux rouages symboliques du pouvoir. Ce que j'ai découvert dans les coulisses du pouvoir, c'est moins la brutalité des relations que la douceur méthodique avec laquelle certaines réalités sont rendues inintelligibles. Il ne s'agit pas d'interdire, ni même de contredire, mais de *faire glisser*. Parfois, si vous tentez de nommer une tension non gérable, une perception gênante, ou simplement un problème qui n'a pas de solution simple, la réponse est polie, bienveillante : vous surinterprétez, vous êtes trop à vif. Vous comprendrez plus tard. On ne nie pas ce que vous dites. On vous fait doucement comprendre que le problème, ce n'est pas ce que vous percevez, c'est que vous le perceviez encore. Dans cette inversion de la légitimité, c'est le langage même qui se dérobe et se désactive. Et ce qui me glace n'est pas tant que la langue politique soit peu à peu, par excès de contorsions et d'euphémismes, devenue une langue morte. C'est que tout le monde le sache… et que personne n'en tire aucune conséquence.

Chaque fois que Gabriel Attal répète ce constat, je me souviens que Manuel Valls le disait déjà il y a dix ans. La langue n'a pas changé depuis. Seule l'écoute a disparu.

On reconnaît le cadavre. On en commente la rigidité. Mais personne ne propose de parole vivante pour le remplacer. C'est peut-être ça, le cœur du problème : le pouvoir sait que sa langue est morte, mais il continue à l'employer, à la surjouer, à la maquiller pour compenser le déficit d'actes. On surperforme la parole pour combler le vide politique. Ce faisant, on use un peu plus encore les mots. Donc notre capacité à rebâtir un imaginaire commun.

Voilà la tragédie de notre temps. Plus personne n'essaie de réinsuffler du sens dans les mots que d'autres ont vidés. On annonce, on relance, on scénarise, mais on ne crée plus de sens. Les mots politiques sont comme désarrimés du réel. C'est ainsi que la réalité finit par être mise sur le même plan que la fausse nouvelle. Le vraisemblable remplace le vrai. Ceux qui essaient encore – pas dans le vacarme, mais dans la lenteur, dans l'observation – de dire ce qu'ils voient avec justesse sont regardés comme des anomalies.

Quand vous dites : « Il y a peut-être une réalité sociale ou politique à voir et à traiter », on vous regarde poliment. Puis on passe à autre chose. Car, bien souvent, si la réalité que vous tentez de montrer ne produit pas d'angle médiatique, si elle ne rentre pas dans un bandeau de chaîne d'info et ne se valorise pas électoralement, elle n'existe pas.

Je m'étonne que le concept de *gaslighting*, venu du féminisme, n'ait pas encore été utilisé pour décrire ce que le pouvoir fait aux citoyens qui s'efforcent de regarder le réel même quand il dérange. On l'applique uniquement au vécu des femmes dans la sphère privée. Il suffit qu'il soit exercé par des institutions sur des citoyens pour que, tout à coup, on perde le mot.

Il faudra donc, semble-t-il, une féministe pas tout à fait alignée pour faire le lien. Ce qu'on appelait « trop sensible » dans la sphère privée devient souvent « trop lucide » dans la sphère publique. Je ne cherche pas ici à réconcilier le politique et l'intime à tout prix. Mais je ne sais pas comment continuer à penser quand le haut s'obstine à neutraliser ce qu'on ressent en bas. Tantôt on dramatise, on veut des mots qui frappent et qui sidèrent. Tantôt on euphémise, on laisse glisser ce qui ne convient pas et ne se valorise pas dans l'économie des réseaux. C'est dans l'espace entre ces deux stratégies sémantiques que le réel se perd.

Le *gaslighting* institutionnel est une discipline du réel par le haut, un brouillage progressif du langage qui finit par laisser le citoyen seul face à ce qu'il sent, sans plus aucun mot légitime pour le dire. Le pouvoir vous apprend à ne plus penser ce que vous voyez, à ne plus parler dans une langue audible. Et quand le pouvoir désactive la parole, c'est la société tout entière qui désapprend à ressentir. Il y a donc un lien direct entre les phrases impossibles dans les palais de la République et le vide affectif qui ronge les étages ordinaires du monde. Le *gaslighting* institutionnel ne tue pas la vérité. Il la rend indécente à nommer. Je crois que, si le féminisme ne répare pas le réel, il peut encore empêcher qu'on le reformule jusqu'à l'oubli.

Fragment de survie politique 4

Éléments de langage

Il y a cette formule qu'ils aimaient répéter : « Il faut être cohérent tout en restant agile. »

C'était censé être une ligne de conduite. C'était en réalité un piège syntaxique. Parce que dans leur bouche, « cohérent » voulait dire « rester fidèle au discours d'hier ». Et « agile » signifiait « s'adapter à la panique du jour ». Je me retrouvais donc à devoir défendre des positions que j'avais critiquées la veille, à écrire des éléments de langage qui démentaient ceux que j'avais envoyés quarante-huit heures plus tôt. Mais sans que ça ait l'air de changer.

Il fallait « assumer l'évolution sans affaiblir le message ».

Un jour, on m'a dit : « On ne peut pas dire qu'on recule, mais il faut que les gens sentent qu'on bouge. » J'ai proposé : « On adapte notre ambition à la réalité du terrain. » Ils ont adoré. Le lendemain, nouvelle consigne : « Il faut montrer qu'on tient le cap. Pas de flou. »

J'ai gardé la même phrase. Personne ne l'a relevée. À force, je savais exactement quel type de flou plaisait. Un flou discipliné. Un flou rassurant. Un flou qui donne l'impression qu'il y a une direction, même quand il n'y en a pas. Ce qu'on attendait de moi, ce n'était pas une ligne. C'était un équilibre instable, permanent.

Ne jamais dire tout à fait oui, ni tout à fait non. Ne jamais dire que ça change, mais faire en sorte que ça ne reste pas pareil. Et toujours, toujours, donner l'impression que tout est sous contrôle. C'est ça, le langage politique. Pas une parole. Un voile. Un jeu de miroirs. Et j'étais là pour entretenir les reflets.

J'ai fini par parler leur langue. Et certains jours je ne sais plus très bien laquelle est la mienne.

12

Politiser l'empathie

Un jour, un ami, conseiller du pouvoir depuis longtemps, m'a dit : « Toi, t'es pas du tout faite pour être élue, tu as trop d'empathie. Tu ne survivrais pas longtemps. » Il ne me faisait pas un reproche. Il posait un diagnostic. Comme un médecin qui vous dit : « Avec cette tension, évitez les marathons. » Le pire, c'est qu'il avait raison. Oui, j'écoute souvent un peu trop longtemps ceux qui ne pensent pas comme moi. J'ai du mal avec la diplomatie des couteaux dans le dos et avec le jeu des trahisons au sourire plastifié. Je vis souvent comme une tragédie les réalités sociales que l'on tait par souci tactique ou posture électorale. Je vois toujours que mes adversaires politiques ont des raisons de penser comme ils le font. Mon ami avait donc raison. Dans un monde politique qui valorise la rapidité du jugement et l'efficacité du mépris, l'empathie devient un handicap. Elle ralentit, complique tout et empêche de trancher net.

C'est exactement ce que revendiquent aujourd'hui Elon Musk et Donald Trump.

Sur le plateau du podcast de Joe Rogan, Elon Musk ajuste sa casquette, tire doucement sur sa manche et lâche, avec un ton calme d'ingénieur visionnaire : « *The fundamental weakness of Western civilization is empathy* » (« La faiblesse fondamentale de la civilisation occidentale, c'est l'empathie »).

Il ne hausse pas le ton. On dirait presque qu'il énonce une équation. Dans son sillage, d'autres lui emboîtent le pas. Tucker Carlson le diffuse, des extraits circulent en boucle, des conservateurs applaudissent : enfin un homme qui ose dire ce qu'on n'osait plus penser, que l'attention à l'autre est devenue une faiblesse stratégique. On applaudit l'ère des solutions brutales. Musk n'est pas seul. Trump, lui, rit carrément de l'idée d'empathie. Lorsqu'un journaliste lui pose, pendant la crise de la Covid, la question de son rapport à la souffrance des familles, il répond sèchement : « *People are dying. And it is what it is.* » L'époque est là. Deux hommes de pouvoir dénient à l'empathie toute valeur politique. Pour eux, c'est une tare. Pire, une faiblesse féminine dans un monde qui célèbre la brutalité masculine.

La guerre ouverte menée à l'empathie n'a rien d'anodin. Elle doit être analysée comme une véritable stratégie politique. Car ce que Musk attaque frontalement, ce que Trump moque avec désinvolture, c'est la capacité à sentir pour autre chose que soi. Ils ne rejettent pas seulement l'affect, mais aussi et surtout la politique du lien. La condition même d'un monde habitable pour tous, y compris pour les plus vulnérables.

Après avoir décrit l'effondrement symbolique, le brouillage de la perception, le *gaslighting* comme méthode de gouvernement, voici ce que je propose d'opposer à cette désactivation générale : l'empathie. Non comme remède consolateur, mais comme outil politique.

Le *gaslighting* institutionnel ne nie rien, il décale. Il fait glisser les évidences hors cadre. Ce que vous percevez est toujours là. Juste assez flouté pour que vous doutiez de l'avoir vu. L'empathie, dans ce système-là, devient une forme de fidélité à la complexité du réel. Une manière de refuser la neutralisation du visible tout comme la déshumanisation de l'adversaire politique. Or, je le vois, l'empathie est en train de déserter les sphères du pouvoir. Pas parce qu'on ne la revendique plus – elle figure encore dans les discours, même si c'est rare – mais parce que tout pousse nos dirigeants à cesser de l'exercer. Parce qu'habiter la vulnérabilité de l'autre est inconfortable. Parce que faire preuve d'empathie oblige, aussi, à ralentir. Cela empêche de trancher vite. Or les mécanismes de valorisation réputationnelle de nos dirigeants préfèrent la netteté à la justesse.

Loin d'être une injonction à la compassion automatique, l'empathie est ce qui rétablit les liens rompus entre ce qui se vit et ce qui se dit, entre ce qui trouble en bas et ce que le haut ne sait plus nommer. Elle refuse la dissociation comme norme, impose un effort de traduction, un dépassement des expériences subjectives pour façonner un horizon collectif. Elle peut contribuer à ranimer une langue commune capable de nommer ce que l'époque préfère diluer.

Jamais la violence, la brutalité, la colère ne se sont déployées de manière si décomplexée sur nos écrans. Chacun y réagit à sa façon. Comme moi, de plus en plus de Français se disent fatigués de la vitesse et de la saturation. Je crois qu'il faudrait pouvoir dire, à rebours de cette mise en scène permanente de crises et de chocs, que l'empathie est une force. Pas un affect, ni une forme de naïveté. Encore moins une posture de soumission. Une force. Une capacité, de plus en plus rare et exigeante, à se décaler de soi. Mais voilà, dans une époque qui valorise l'adhésion rapide, la réactivité, la mise en scène des émotions comme preuve de sincérité, l'empathie n'est pas valorisée socialement. On la traite de faiblesse. D'idéalisme.

Aux États-Unis, les conservateurs la considèrent comme un péché. Ici aussi, en France, cette qualité est de plus en plus ravalée par la droite dure au rang de ruse politique – il s'agirait, au nom de la tolérance, d'obliger les citoyens à tolérer un « grand remplacement » ou à accepter le bordel généralisé dans nos rues – ou encore de culpabilité refoulée vis-à-vis des méfaits du colonialisme.

Ce que l'on attaque, à travers le discrédit jeté sur l'empathie, c'est notre capacité à accueillir ce qui ne nous arrange pas, à entendre ce qui dérange sans immédiatement l'effacer. On attaque la possibilité même de penser contre soi-même et de ne pas fuir quand le réel devient désagréable. La faculté de créer du lien, tout simplement.

L'empathie n'est pas une affectivité molle, comme on l'entend trop souvent sur les plateaux de CNews quand il s'agit de critiquer une gauche trop sensible au sort des réfugiés. C'est une forme de lucidité non virile. Un féminisme du trouble, comme le dit Donna Haraway[1] : une manière de rester au contact du réel quand il se fissure, plutôt qu'une simple revendication identitaire. C'est une pensée qui refuse la pureté et cherche à tenir la complexité sans la purger.

Loin d'être un obstacle au débat, l'empathie en est la condition première. Elle seule permet de comprendre sans adhérer et contredire sans disqualifier.

Je crois qu'il est temps de le dire clairement : l'effacement progressif de l'empathie est une véritable dynamique politique. Car une société sans empathie ne désapprend pas seulement à écouter. Elle désapprend à vivre ensemble. Elle remplace les médiations par des automatismes, la reconnaissance par le soupçon, la conflictualité par l'affrontement pur. L'école devient un champ de tensions non traduites. L'hôpital, un lieu de survie désincarnée. Le débat public, une scène de lynchage. Dans une démocratie sans attention mutuelle, les désaccords se figent en camps. Et dès lors qu'il n'y a plus d'adresse possible entre ces camps, ce n'est plus le lien qui cherche un langage : c'est notre colère qui cherche un maître.

---

1. Donna Haraway, *Vivre avec le trouble* [2016], Éditions des mondes à faire, 2020.

Dans une époque saturée de récits clairs, de figures exemplaires, de héros et de sorcières, de positions affirmées et de clashs d'identités, l'empathie permet de chercher à retisser du lien au-delà des chapelles et des tribus. Mais chercher à comprendre, pour certains, c'est déjà un crime. La gauche m'a d'ailleurs souvent reproché de parler à tous les responsables politiques dans le cadre de mes livres. Même ceux du Rassemblement national. Pas de les soutenir, non. Simplement de leur parler. Je note que les mêmes qui trouvent que j'abuse un peu quand j'interroge Marine Le Pen viennent ensuite me voir pour savoir comment elle est « en vrai ».

Elle est sympa.

Le monde politique fait de plus en plus comme si prendre le risque de l'empathie était déjà une forme de complicité. Comme si comprendre était excuser. Pourtant, l'empathie est aussi une stratégie de connaissance. Un outil pour faire émerger ce qui ne se dit plus. La penseuse féministe bell hooks insistait : l'amour – et avec lui l'empathie – n'est pas un sentiment tiède mais un travail, une discipline[1]. Cela suppose de faire l'effort de regarder l'autre sans le consommer. Au fond, l'horizon que devrait dessiner le féminisme est de maintenir une attention suffisamment tendue pour que le lien ne devienne ni possession, ni effacement. C'est pour cette raison que l'empathie entre en conflit avec les codes du combat politique contemporain, y compris dans les luttes les plus urgentes et les plus justes.

1. Bell hooks, *À propos d'amour*, *op. cit.*

Il est vrai que, certains jours, je crains que défendre l'empathie ne me classe automatiquement dans la case « Bisounours politisée ». Alors j'ajoute des citations et des concepts. Comme si l'intelligence pouvait servir d'armure contre le soupçon de naïveté. Mais je le sais bien, dans un monde qui idolâtre la virilité cynique, pleurer par fidélité à ce que l'on perçoit est devenu un sport de combat. Loin de moi l'idée de chercher à annuler la colère en la caricaturant. Je voudrais seulement rappeler qu'un combat qui ne laisse aucune place à l'écoute devient, tôt ou tard, une mécanique froide et implacable. L'empathie ajoute une condition au combat politique : celle de ne pas transformer la parole publique en volonté de purification émotionnelle. Celle de ne pas perdre, dans la dureté et l'urgence de la lutte, la complexité même de ce qu'on voulait initialement défendre.

Mon ami avait sans doute raison. Avec « trop d'empathie », je n'aurais sans doute pas survécu longtemps comme élue dans un système qui épouse encore trop les codes de la virilité performative. Mais peut-être que c'est exactement ce dont nous avons besoin : reconnaître enfin que savoir écouter sans immédiatement disqualifier est une forme de courage.

Fragment de survie médiatique 7

J'essaie d'être empathique, mais parfois j'ai juste envie de fuir par la fenêtre

J'aime l'idée de l'empathie. Vraiment. Je crois à l'écoute, à la nuance, à la complexité du vécu. Mais certaines situations mettent mes principes à rude épreuve.

Exemple récent : un homme me dit, très sérieusement, qu'il souffre de ne plus pouvoir rien dire, en tant qu'homme blanc hétérosexuel. Je pense : *Rappelle-toi. L'empathie. Le détail. Le contexte.* Mais en fond sonore, une autre voix intérieure crie : *Qu'on lui coupe son micro et qu'on l'envoie faire une retraite silencieuse sans Wi-Fi.*

Je dis quand même : « D'accord. Et comment tu vis ça, concrètement ? » Mais je le dis avec la voix d'une hôtesse de l'air qui sent que l'avion va peut-être s'écraser, et qui continue à distribuer des gobelets.

Ou bien : je suis invitée à une réunion sur l'intelligence collective. On nous demande de faire un tour de table avec un objet qui représente notre état émotionnel. Je choisis un crayon. Je dis : « Parce que je m'épuise à noter tout ce que je ne dirai pas. » Personne ne rit. On me donne une carte avec un smiley neutre et la mention « écoute active ». Je la glisse dans ma poche. Elle me gratte un peu, comme une injonction déguisée.

Je suis empathique, souvent. Mais parfois, j'aimerais simplement qu'on me laisse cinq minutes de silence et une scie sauteuse pour découper la table en petits morceaux. Ou qu'on me laisse haïr les concepts vides sans culpabiliser.

13

Depuis la banquise

Les responsables politiques que je côtoie n'ont plus guère le temps de lire. C'est, pour moi, la plus grande tragédie qui soit. Car lire, aujourd'hui, est un geste politique. C'est même un combat contre l'époque.

La lecture est, on l'oublie trop souvent, une des dernières écoles de l'empathie et de la lenteur. Elle nous apprend à habiter la voix d'un autre, sans la réduire par nos filtres. Elle nous oblige à suspendre le jugement pour entrer dans une pensée qui n'est pas la nôtre, et à ne pas la fuir quand elle nous dérange.

Le chapitre précédent le suggérait déjà : l'empathie est une rigueur. Cette rigueur-là, nous l'avons longtemps acquise, presque sans nous en rendre compte, dans les livres. Des travaux de psychologie cognitive[1] ont ainsi montré que lire de la fiction améliore la capacité à percevoir

---

1. Notamment : D.C. Kidd et E. Castano, « Reading Literary Fiction Improves Theory of Mind », *Science*, 3 octobre 2013 ; R.A. Mar et K. Oatley, « The Function of Fiction is the Abstraction and Simulation of Social Experience », *Perspectives on Psychological Science*, vol. 3, n° 3, 2008.

l'état émotionnel d'autrui. Cela confère à la lecture une fonction politique centrale en démocratie. Martha Nussbaum, par exemple, a démontré que la fiction développe une « imagination narrative » qui permet de se projeter dans la vie d'autrui, condition fondamentale de la démocratie délibérative[1].

Lire n'est pas seulement comprendre et accumuler des connaissances. C'est cohabiter. Tolérer l'ambivalence. Lire, c'est renoncer à l'adhésion immédiate pour entrer dans un espace commun plus exigeant, celui où la pensée se déploie à son rythme et nous transforme lentement. Or cette lenteur est en train de disparaître. Avec elle, c'est la possibilité même du lien qui s'efface.

Quand je parle avec des journalistes, des élus, des stratèges politiques, je le remarque souvent : ce sont les femmes, majoritairement, qui pressentent ce que la chute de la lecture emporte. Elles ne s'en font pas une théorie, mais elles sentent que tout cela n'est pas qu'une question de savoirs perdus, de culture élitiste qui s'efface. C'est une perte de la profondeur du lien. Les hommes, eux, ne nient pas le phénomène, mais, souvent, ils haussent les épaules. Ils disent : « Il faut vivre avec son temps. » Ce fatalisme est déjà un renoncement. Car ce que nous perdons n'est pas un privilège culturel, ni même un rapport à l'écrit, c'est une faculté politique centrale. Celle de pouvoir encore comprendre sans capturer, traverser une autre conscience sans s'y effacer.

---

1. Martha Nussbaum, *Les Émotions démocratiques. Comment former le citoyen du* XXI*e siècle ?* [2010], Climats, 2011.

Le clivage genré que je décris ici n'est pas absolu, mais il dit quelque chose de la manière dont nos sensibilités ont été formées. C'est ici que le féminisme, dans sa version la plus lucide, peut encore jouer un rôle : protéger le geste de la lecture comme geste du lien. Refuser que la vitesse dissolve ce qui rendait notre pensée vivante. Rappeler que ce que nous appelions lecture, c'était aussi accepter d'être déplacé sans haïr, troublé sans pour autant crier ni fuir.

Nous sommes en train de perdre le droit d'exister sans raccourci et l'espace où le doute n'était pas un défaut. Dans ce monde qui rapetisse à force d'accélérer, il ne reste plus beaucoup de lieux où une pensée peut encore prendre son temps sans être expulsée.

La lecture devient un acte périphérique. Les sondages le démontrent[1]. Il ne s'agit pas là d'un effondrement culturel : c'est une mutation anthropologique. On ne lit plus pour se transformer, on lit pour consommer. Les neurosciences parlent de « lecture profonde » pour désigner ce que nous sommes en train de perdre : penser avec l'auteur, tolérer le doute. Or, Maryanne Wolf l'a montré : cette capacité disparaît dans les cerveaux formés par le flux[2]. Le texte devient trop long, trop lent pour nos cerveaux qui ont appris à scroller : ils savent avancer, mais plus

---

1. Seuls 56 % des Français se déclarent lecteurs réguliers, contre 61 % trois ans plus tôt, selon le baromètre CNL-Ipsos publié en avril 2025. Chez les moins de 25 ans, cette proportion tombe à 51 %.

2. Notamment dans *Lecteur, reste avec nous !* Rosie & Wolfe, 2023.

revenir. Ce trouble ne touche pas tout le monde de la même manière. Ceux qui lisent encore sont, pour la plupart, les enfants de ceux qui lisaient déjà. La lecture devient un capital transmis… ou perdu à jamais.

La disparition de la lecture n'est donc pas seulement une mutation cognitive. C'est une dépossession culturelle, invisible mais massive, qui va surtout pénaliser ceux qui n'avaient que cela pour tenir tête à un réel toujours plus complexe et évasif. Car lire, pour les plus modestes, c'est aussi un acte de souveraineté. Une manière d'entrer dans la langue du pouvoir, de la maîtriser, de ne plus la subir. Ce sont justement ceux-là, aujourd'hui, qu'on prive le plus de durée mentale. Ils ne manquent pas de contenu mais de capacité de nourrir leur pensée.

Lire, on l'oublie trop souvent, ne consiste pas seulement à aligner des mots. C'est exercer une capacité de durée intérieure et de friction. Lire, c'est aussi accepter de ne pas tout comprendre tout de suite. Cela permet de s'exercer à penser contre soi-même. Non pas contre ses propres valeurs, mais contre ses automatismes et ce que l'on croyait savoir. Ce que la lecture autorise, c'est aussi le doute actif. Le retour sur une page ou une idée. Le numérique, lui, pousse à avancer sans revenir. Il accélère la perte, et interdit la reprise.

Que deviendra cette salutaire gymnastique de l'esprit si la lecture disparaît ? Et que dire de notre empathie qui, comme un muscle non sollicité, s'atrophie sans la fréquentation des livres ? Si les tendances se poursuivent ainsi, ce sera bientôt la fin de notre faculté de tisser des liens, des désaccords sans haine, alors que notre époque en a tant besoin. Et sans lecture, il n'y a plus de lenteur mentale. Sans lenteur mentale, il n'y a plus de démocratie possible.

Un monde qui ne lit plus est un monde qui ne tend plus la main à ceux qui flanchent. Marshall McLuhan l'avait pressenti, Walter Ong l'a démontré : la culture écrite n'est pas un simple médium. Elle façonne une forme d'attention, une manière d'argumenter, de tenir une pensée abstraite. À mesure que le numérique s'impose, c'est un autre régime qui revient, celui de l'oralité secondaire. Une parole émotive et binaire, qui cherche à marquer, plutôt qu'à nuancer. Ce n'est donc pas seulement la lecture qui recule, c'est une *forme de pensée* qui s'enfuit avec elle. Celle qui pouvait encore respirer hors de l'adhésion ou de la disqualification immédiates.

Le déclin de la lecture emporte la possibilité d'un espace commun plus lent que le temps de la guerre. Donc la possibilité de la démocratie. En même temps que la lecture s'effondre, le débat public se referme. Il se polarise. De plus en plus souvent, cette polarisation m'étouffe. Pas seulement sur les plateaux ou dans les tribunes. Dans la vie. Même les conversations entre amis deviennent des champs de mines sémantiques, où chaque mot porte le risque d'un malentendu irréversible. Il faut sans cesse choisir son camp, même au cours d'un dîner entre amis.

La chute de la lecture m'enlève la matière et la polarisation m'enlève le cadre. Je continue à écrire, mais j'écris dans le vide d'un espace qui reconnaît de moins en moins les gens comme moi. Ce que je dis n'est pas irrecevable, mais ça n'entre plus dans les formats d'audibilité dominant l'espace numérique. Le politologue Neil Postman rappelait qu'une démocratie suppose des citoyens capables de lire un raisonnement sans en extraire uniquement ce qui conforte leur camp. Or ce lecteur-là, je le vois bien, devient marginal. Avec lui disparaît l'un des rares garants du dissensus habitable. Car sans lui, il n'y a plus de parole. Il ne reste que du bruit. Il n'y a que dans un livre que l'on parvient encore à déployer une pensée sans trop l'amputer ou la trahir. Le reste – les plateaux, les chroniques, les extraits relayés – n'est souvent qu'un bruit parasitaire qui masque mal une inquiétude sourde. Celle d'une époque qui se sent disparaître et fait du bruit pour reporter le moment de la dissolution complète. J'écris encore. Non par optimisme. Par fidélité. Parce que c'est là, entre silence et saturation, que mes mots peuvent encore tenir sans trahir le réel.

Parfois, j'ai l'impression d'être un pingouin immobile sur une banquise qui se fissure. Il ne sait pas encore si c'est l'océan ou bien la foule qui va l'engloutir. Il reste là, droit, à peine visible, pendant qu'on le photographie pour nourrir une *story*. Il se demande seulement à quel moment quelqu'un a décidé que l'image comptait plus que la fonte.

Je sais bien que croire encore à la littérature, à l'heure du flux généralisé, relève d'un romantisme presque dérisoire. Une persistance absurde dans un monde de raccourcis. Mais j'assume ce pathétique-là. Celui de croire qu'un lien peut encore se former entre deux consciences, par le détour d'un livre. Il faudrait enfin cesser de considérer la lecture comme une affaire privée, un luxe d'intellectuels ou de nostalgiques. Elle est un outil de souveraineté populaire. C'est elle qui permet à chacun, même sans réseau, sans capital, d'exercer un droit fondamental : celui de comprendre le réel autrement que par réflexe ou par solidarité tribale.

C'est pour cela que le recul de la lecture n'est pas une simple anecdote sociologique, mais un véritable événement politique. Il prépare le terrain à des régimes où le récit n'a plus besoin de cohérence, où le débat devient une guerre d'images et où le citoyen n'est plus un sujet pensant mais un corps réactif, gouverné par l'algorithme. Cela ne fait pas une *story* virale, mais il faut le dire : la disparition de la lecture tue la démocratie, c'est-à-dire notre capacité à cohabiter sans nous haïr. Peut-être est-ce cela, au fond, l'horizon du féminisme aujourd'hui : tenir encore dans l'attention, dans la lecture, dans le lien. Refuser que tout ce qui ne brille pas soit considéré comme perdu.

Adrienne Rich, qui fut une des grandes voix poétiques et féministes américaines, a écrit : « *The impulse to enter, with other humans, through language, is a force as strong as the will to live*[1] ». C'est cela, au fond, que je tente de préserver ici, non pas un privilège lettré, mais un élan vital.

1. Adrienne Rich, *Of Woman Born. Motherhood as Experience and Institution*, W. Norton Company, 1976.

Fragment de survie politique 5

Transmission de crise
à l'usage des sourds puissants

Un jour, dans un moment d'exaspération élégante (c'est-à-dire une crise de nerfs canalisée par une pièce jointe), j'ai envoyé à un très haut personnage de l'État une vidéo de Billie Eilish.

Pas une note stratégique. Ni une analyse brillante. Pas une de ces tribunes que je sais pourtant rédiger à la virgule près, quand je veux faire croire que je crois encore au pouvoir de mes mots dans un monde qui ne lit plus. Non. Une vidéo prise en plein concert. Billie, seule sur scène, toute minuscule, devant 18 000 personnes. Elle demande le silence, sans rien quémander. Elle ne l'arrache pas : elle demande poliment. Et la foule se tait. Immédiatement. Pas une toux, pas un cri, pas une relance de BFM.

Le vrai pouvoir, aujourd'hui, c'est ça. Je lui ai écrit : « Voilà. C'est ça, l'autorité. Le vrai pouvoir, au XXIe siècle. Plus personne n'a peur de vous. Mais tout le monde se tait pour une fille en sweat à capuche quand elle chuchote. »

J'ai aussi ajouté une vidéo de Lady Gaga à Copacabana. Plus de deux millions de personnes. Elle chante, elle vacille, elle ressuscite dans un théâtre gothique. Ils écoutent. Sans condition. Pas parce qu'elle impose, mais parce qu'elle incarne, *sans écraser personne*. Et qu'à force d'observer le pouvoir de près, depuis des années, j'en viens à douter que cela soit possible dans le monde politique tel qu'il est.

Dans ce courriel, j'ai juste mis comme objet : « Pour mémoire (ou ce qu'il en reste) ».

Parfois je me dis que c'est fou d'avoir envoyé ça à un puissant. Que j'ai peut-être l'air d'une illuminée en robe de chambre qui aurait confondu une note stratégique avec un cri intérieur rédigé à 4 heures du matin. Je m'imagine lui envoyer ce livre avec un post-it mental : *Salut, j'ai rédigé deux cent cinquante pages sur l'effondrement symbolique du monde, j'espère que tu as vingt minutes*.

Puis je me souviens de toutes les absurdités que je l'ai entendu encaisser, très sérieusement, de la part de gens bardés de diplômes, qui lui expliquaient la politique comme s'ils avaient inventé le feu. De ces types qui disent « imaginaire désirable » et « catalyseur de sens » en gardant un air pénétré.

J'en ai vu, des politiques, applaudir un rapport PowerPoint titré « Émotions et disruption : vers un leadership d'empathie augmentée ». Alors mon courriel, franchement, c'était sobre.

Je sais que mon obsession pour Billie Eilish peut ressembler à une fixette générationnelle, ou un symptôme d'errance culturelle. Mais je persiste : elle incarne une forme d'autorité post-discursive. Une autorité qui ne se décrète pas, qui s'impose parce qu'elle ne cherche ni à convaincre ni à séduire. Elle murmure. Et tout le monde se tait parce qu'elle assume de ne pas mentir sur ses doutes et sa vulnérabilité. Alors même si cela prête à sourire, risquons le ridicule. Car le ridicule est souvent le signal faible de ce que l'époque ne sait plus reconnaître.

Pas de réponse, évidemment. Peut-être qu'une réponse m'aurait davantage inquiétée. J'ai vu trop de conseillers sourire du silence d'un peuple qu'ils n'écoutent plus. Et prendre ce silence pour une approbation. Pourtant, bien souvent, ce n'est pas un accord mais un souffle qu'ils n'entendent pas encore gronder.

J'ai pris une grande inspiration, j'ai regardé mes baskets et j'ai continué à faire semblant d'écrire calmement des analyses modérées à destination de gens qui n'entendent plus rien. Mais, à l'intérieur, je suis comme Billie Eilish quand elle commence « Happier Than Ever » : douce, posée, fragile. Et puis il y a le moment où la guitare sature.

Ce solo, ce ne sera pas moi. Moi, j'écris. J'analyse. J'envoie des liens YouTube dans des palais de la République. Je transforme les *pop stars* traumatisées en leçons d'humilité pour élus à l'ego trop gonflé.

Ce solo, c'est le peuple qu'ils n'entendent plus. Les invisibles qu'on traite comme des erreurs statistiques. Ceux qui se taisent depuis longtemps et qui, un jour, vont faire sauter l'ampli. En disant : « [*You*] *made all my moments your own, Just fucking leave me alone*[1]. » Et là, il sera trop tard pour couper le son.

1. Billie Eilish, « Happier Than Ever », 2021.

14

La dissociation comme régime politique

Il y a des régimes qui gouvernent par décret. D'autres par récit. Le nôtre gouverne par découpe. Par standardisation des seuils du ressenti. On nous demande de fonctionner à plein régime tout en restant lisses. Il nous faut parler sans affect, et exister sans débordement. Ce que l'on nomme aujourd'hui performance ou professionnalisme n'est souvent qu'une dissociation bien habillée, un savoir-faire politique hérité d'un imaginaire viril. Un imaginaire taillé pour le combat, pour le clash et la certitude. Un imaginaire incapable de penser le lien, parce que le lien demande de l'incertitude et du trouble. Or le trouble est étranger à la grammaire du pouvoir tel que les hommes l'ont bâti.

Je souhaiterais que l'on désobéisse à cette logique. Que l'on accepte enfin d'envisager une hypothèse : la dissociation[1] n'est pas seulement

1. On distingue ici la dissociation psychique, définie dans le champ clinique (DSM-5) comme un mécanisme de défense face à un traumatisme – perte de continuité dans la mémoire, la conscience ou l'identité –, de ce que j'analyse comme un régime social de dissociation : une norme implicite de découplage entre

un symptôme individuel, c'est le produit d'une norme sociale. Une consigne implicite qui façonne notre rapport au corps, à la parole, au désir. Elle exige que nous restions performants, même quand nous vacillons. Elle transforme l'intimité en interface, le malaise en mise en scène. Et ce qui ne peut pas se dire dans les formats autorisés, ce que l'on tait pour rester présentable finit confié à l'intelligence artificielle – comme un secret trop humain pour les humains eux-mêmes.

Ce livre est, d'une certaine manière, un refus de la dissociation qu'on nous impose, dans les médias comme en politique. Une manière de refuser que l'on confisque mon propre récit pour le rendre compatible avec un marché de la parole aseptisée et bien calibrée, et que l'on sépare mes pensées de mes émotions. Je crois que la dissociation est un des phénomènes sociaux majeurs de notre époque. Pourtant, il n'est jamais nommé. Je ne parle évidemment pas ici de la dissociation comme pathologie, mais comme *régime*[1] : une forme d'organisation sociale qui nous apprend à

---

affect, langage et corps, structurée par des logiques de performance et de conformité. Cette transposition s'appuie sur les travaux de Bessel van der Kolk (*Le corps n'oublie rien* [2014], Pocket, 2021) et Cathy Caruth (*L'Expérience inappropriable* [1996], Hermann, 2023), qui décrivent comment le trauma réorganise la perception du réel. J'en propose ici une lecture politique : dans un monde saturé de signaux contradictoires et d'injonctions à la présentabilité, c'est la dissociation elle-même qui devient une condition sociale de la survie fonctionnelle.

1. J'entends par « dissociation comme régime » le fait que nos sociétés fonctionnent désormais sur la séparation systématique entre ce que l'on vit et ce que l'on montre, ce que l'on ressent et ce que l'on exprime. Une fracture devenue norme sociale et politique.

fonctionner malgré tout, et souvent malgré nous. À encaisser sans broncher, à nous couper de ce que nous ressentons pour continuer à produire, à répondre, à briller dans les médias ou sur les réseaux sociaux, en effaçant tout ce qui déborde ou qui dérange.

Aujourd'hui, ressentir devient un luxe dès que le sentiment sort du récit autorisé. L'exprimer devient un danger dès que ça grince. Alors nous apprenons à parler fort de ce qui ne nous touche plus, et peu de ce qui brûle encore. On poste des photos souriantes sur nos réseaux sociaux pour éviter d'être oubliés, mais on pleure seuls, dans des espaces sans résonance. On se construit une image stable pour ne pas effrayer les autres. Et quand tout vacille, on ne se tourne plus vers un ami, un frère, une présence réelle. On n'ouvre même pas un livre. On ouvre une application. On consulte une IA.

Certaines études comparent ChatGPT à un psy. Il n'est pas meilleur. Mais il est disponible. Toujours. Sans demande. Sans regard qui juge. C'est donc à l'IA que l'on confie, désormais, ce que l'on ne parvient plus à dire aux vivants. Ce qui fait honte, ce qui n'est pas monétisable. L'IA est en train de devenir le réceptacle neutre des angoisses collectives. C'est notre béquille sentimentale. Un nouvel amortisseur social qui vient compenser un peu la fermeture des bistrots, la disparition des partis politiques et la marginalisation des syndicats. L'IA ne nous remplace pas. Elle nous recueille… parce que le reste s'effondre. Elle nous aide à tenir dans un monde qui ne tient plus. Un monde où l'on délègue même l'écoute à la machine. Grâce à ce grand remplacement là – celui du lien humain par l'IA –, les structures de domination restent intactes. Les injustices demeurent. Mais chacun continue de fonctionner, en silence.

De plus en plus de Français – surtout dans les métiers du soin, du lien, ou dans les professions intellectuelles supérieures – dissocient pour survivre. Or survivre n'est pas vivre. Ce que je cherche, ici, c'est autre chose. C'est une pensée qui ne serait pas anesthésiée, qui n'aurait pas besoin de masquer son trouble par des filtres sur Instagram pour être entendue. C'est un texte qui ne découpe pas l'expérience humaine en unités conformes aux standards d'un marché. Et qui assume de vous dire ce que je vois, même si ça vous fait grincer.

Ce que produit cette dissociation à grande échelle, je le lis aussi entre les lignes de ce qui ne s'écrit plus. Non plus seulement dans ce que l'on tait, mais dans ce qui s'efface lentement des corps eux-mêmes. Le sexe, par exemple. Non pas comme sujet de scandale ou de libération, mais comme symptôme invisible aux regards dominants. Comme une forme d'absence, de vide qui crie en silence.

Les chiffres le confirment : selon une enquête de l'IFOP, la part de Français ayant eu une relation sexuelle au cours des douze derniers mois est tombée à 76 % en 2023, contre 91 % en 2006. Chez les 18-24 ans initiés sexuellement, 28 % n'ont pas eu de rapport en un an. C'est cinq fois plus qu'en 2006. Une part croissante de la population se déclare même asexuelle : en

2024, 12 % des Français, et jusqu'à 23 % des femmes de plus de 35 ans, s'identifient ainsi.

Certains y verront un choix. Une liberté nouvelle. Le refus d'un lien automatique entre désir et performance. Mais pour beaucoup, ce recul du sexe dit surtout une fatigue, une hésitation devenue collective. Le désir s'amenuise non parce qu'il aurait disparu, mais parce qu'il ne sait plus où s'incarner sans se heurter à l'incompréhension ou à l'effraction. Il vacille, non sous l'effet de la morale, mais sous le poids de la lucidité, des contradictions, d'un trop-plein d'attentes. Il devient prudent, inquiet et, de plus en plus souvent, abstrait. Il se numérise.

Le trouble est là, partout, mais s'exprime à bas bruit. Il se dit, mais dans un lieu très particulier : dans ce que l'on ne confie plus qu'à l'IA. Par honte. Par pudeur. Ou parce qu'il ne reste plus personne d'assez proche, d'assez présent pour écouter sans juger.

Le sexe est devenu pour certains – particulièrement chez les jeunes – un lieu trop conscient et trop chargé de surmoi collectif pour pouvoir se vivre. On sait trop, on a trop vu. On l'analyse, on anticipe les réactions, les conséquences, pas seulement au regard des limites nouvelles posées par la loi (que l'on ne comprend pas toujours), mais aussi et surtout pour chercher à concilier des critères de performance souvent écrasants. Il faut gérer les injonctions contradictoires, des imaginaires incompatibles : d'un côté le porno, de l'autre #MeToo. Le sexe se veut donc fluide, libre, éthique, sécurisant, désirable mais aussi divertissant, surprenant, performant... et finit par se dissoudre dans le surmoi collectif.

Les relations se transforment en récits hypercontrôlés, le sexe devient une négociation codifiée. Mais avec des codes cryptés. Or le désir demande autre chose. Il a besoin de trouble, d'imprévu. Il a besoin d'une marge où rien n'est tout à fait anticipé. Or tout est désormais balisé, cadré. Tout a vocation à finir noté sur une appli. Le corps est devenu un espace stratégique, un élément visant à conforter le récit parfait que l'on doit proposer à la société. Il faut se montrer, mais pas trop. Proposer, mais sans risque. Toucher sans insister. Vouloir, mais sans forcer. Partager, mais sans surprise. Créer du lien, mais sans friction. Être vrai, mais sans jamais s'abandonner. Dans ce théâtre trop bien éclairé, plus rien ne s'allume vraiment.

Ce qui est en jeu ici, au-delà du sexe, c'est notre droit collectif à un lien non écrit à l'avance et codé. Le symptôme que je décris ici révèle une société qui sacrifie le trouble pour préserver l'illusion du contrôle. Et c'est là que commence la dépossession politique : quand même le désir devient une opération de conformité.

J'aurais pu parler d'autre chose que du sexe pour illustrer mon propos sur la dissociation comme régime. Non que ce ne soit pas important, car c'est un des signes les plus cruels de la disparition du lien. Mais je sais exactement ce qui se conforme aux codes attendus, à ce que l'on nommera « légitime » dans les endroits très formatés où va circuler ce livre. Mon choix d'exemples n'est pas décoratif, il est politique.

C'est ma manière de ne pas faciliter la tâche à ceux qui préféreront ignorer mon propos.

Le désir n'a pas disparu. Mais il ne sait plus comment se dire sans effrayer ou tromper. Il cherche un espace où il pourrait ne serait-ce qu'exister. Sans masque ni scénario. Être simplement vrai. Et de préférence sans risquer de finir en *revenge porn* (une menace dont on dit trop peu qu'elle pèse essentiellement sur les femmes, d'ailleurs...). Alors certains se replient. Le sexe devient fantasme isolé, scénario mental, relation numérique, consommation privée. Il est dissocié.

Nous sommes en train de devenir des experts en communication non violente, en signaux faibles, en décodage émotionnel. Nous savons nous neutraliser, rester flous pour ne pas trop déranger. Dans cet effort constant pour ne pas nuire, nous sommes peut-être en train d'oublier comment exister *dans la relation*. Le lien humain est suspendu à une infinité de balises morales et d'autocorrections. On attend de nous qu'on soit subtils, sensibles, mais jamais trop. Une attention mesurée, sans présence excessive. De la disponibilité, à condition de ne rien espérer. Surtout, une forme de présence discrète, sans intensité. Cela fabrique une humanité polie, propre sur elle, prudente, connectée et profondément désaccordée. Une humanité pleine de tact, mais vide de contact.

Ce que je décris dans ces pages n'est pas une dérive culturelle ou une simple transformation cognitive. C'est une organisation délibérée du monde par la saturation, un régime attentionnel qui gouverne sans jamais s'afficher comme pouvoir. L'économie de l'attention ne capte pas seulement nos regards, elle reconfigure nos seuils de perception, de désir, de décision, de croyance. Elle agit comme un pouvoir politique, mais sans débat démocratique. Comme pour la malbouffe, ce ne sont pas nos « choix individuels » qui sont en cause, mais la structuration industrielle de nos appétits, la prédation systématique de notre disponibilité mentale. Il est temps de reconnaître que tout cela est POLITIQUE.

Nous avons accepté que l'État intervienne pour limiter le sucre et rendre visibles les dangers invisibles dans nos assiettes. Pourquoi ne pourrait-on pas agir avec la même vigueur face à ce qui colonise nos consciences et organise nos choix à notre insu ? Je crois donc qu'il est temps de traiter l'attention comme une *ressource publique*. Un commun à protéger. Et de faire de la souveraineté cognitive un enjeu démocratique. Sinon, nous continuerons de parler de liberté dans un monde où l'on ne choisit plus ce que l'on voit, ce que l'on pense, ni même ce que l'on ressent.

Pour qu'un lien se crée, il faut un trouble, une fragilité partagée. Parfois, un regard suffit. Ou un livre. Une phrase qui ouvre. Une page qu'on croyait ne concerner que d'autres et qui, soudain, parle à la personne en nous qu'on voudrait effacer pour se conformer à des récits que l'on confond avec la vérité. J'écris tout cela pour que celles et ceux qui se reconnaîtront dans les symptômes que je décris se sentent un peu moins seuls.

Parfois, tout semble fonctionner. Pourtant, rien ne tient. On avance, on produit, on parle… mais rien n'a de sens, et rien ne va. « Tout est chaos, à côté... » Et il n'existe que des mots trop abîmés pour le dire. Ce livre tente de résister au délitement en cours. À l'alignement collectif sur des règles absurdes édictées avec des mots vides. C'est pour moi une manière de rester humaine dans un monde qui sous-traite l'écoute à la machine. Un monde qui préfère des femmes polies, fonctionnelles, adaptables – même si cela les dissocie. J'écris ici contre l'idée qu'il faudrait être impeccable pour être recevable et détachée pour être crédible. Je ne veux pas me rendre prévisible pour être entendable. J'écris contre le modèle de femme fonctionnelle qu'on applaudit à condition qu'elle n'ait plus rien à dire qui déborde, et conforme ses désirs aux scénarios préétablis par la norme sociale.

Car le féminisme n'a, de mon point de vue, rien à voir avec la conformité. Il ne doit pas chercher à produire des modèles parfaits de parole ou de désir. Il doit tenter de réconcilier ce que l'époque disjoint : la pensée et l'émotion, le corps et la parole. Essayer de chercher, toujours, une forme de cohérence au milieu de l'éclatement. Je crois que le féminisme peut être un principe actif de régénération anthropologique. Une force de liaison intérieure et une faculté à tenir dans un monde qui nous pousse à nous sectionner pour rester acceptables. Il doit refuser que l'on devienne des femmes présentables, conformes aux attentes et aux formats validés, lisibles... au prix de notre capacité à ressentir. Car l'anesthésie émotionnelle produite par l'économie de l'attention est le contraire du lien. Or le lien est la condition d'une société habitable. Ce lien passe par le corps, par le désir, par la parole, par l'erreur aussi. Par la possibilité de se dire sans devoir s'excuser d'avance. Peut-être que le seul horizon politique encore tenable, c'est la réparation du tissu vivant entre nous. Ce n'est pas un combat spectaculaire. C'est une forme de veille. Une manière de dire : je vois ce qui se délite. Et je refuse que cela devienne normal.

Fragment de survie politique 6

Manuel de désactivation affective (édition gouvernementale)

On ne le dit jamais vraiment, mais c'est compris dans le contrat : pour survivre longtemps en politique ou dans les médias, il faut apprendre à s'éteindre sans fumée. Intérioriser l'aliénation est devenu une qualité stratégique. Un *soft skill*.

Tu arrives avec une idée. Un feu. Une nuance. Tu crois qu'on va t'écouter. Tu es pleine d'espoir. Très vite, on t'explique que le fond n'est pas le sujet. C'est le ton. Le moment. Alors tu ajustes. Tu remplaces « je ressens » par « il me semble que ». Tu retires l'inquiétude. Tu transformes la rage en préoccupation. Tu ranges la fatigue sous une phrase bien structurée, avec subjonctif maîtrisé. Tu deviens… articulée. Fluide. Politiquement thermostable. Alors, tu accèdes au niveau supérieur : la désactivation affective.

Pas de panique : ça ne fait pas mal. C'est comme une anesthésie morale lente, sans effets secondaires visibles. Un engourdissement discret du nerf empathique. Et puis, franchement, tu n'as pas le temps de t'effondrer, tu as deux chroniques à rendre et un plateau dans une heure. On te félicite : « Tu tiens bien. Tu restes digne. Tu ne t'emportes jamais. » Toi, intérieurement, tu penses : *C'est normal. Je me suis débranché la tristesse, la honte et la mémoire du feu d'origine*. Tu n'es plus dans la sensation. Tu gères du flux émotionnel à visée éditoriale. Avec micro-cravate.

Alors, pour aider les nouveaux entrants, j'ai commencé à rédiger un *Manuel de désactivation émotionnelle*, en cinq étapes simples :

1. Identifier les émotions incompatibles avec la prise de parole publique (exemples : chagrin, honte, doute, tendresse).
2. Remplacer chaque émotion par un synonyme gestionnaire (exemples : la rage par la frustration contenue, la peur par une réserve analytique).
3. Compresser les affects en éléments de langage de douze secondes.
4. Adapter le visage : sourire intérieur, sourcil mobile, paupière professionnelle.
5. Se féliciter chaque soir de n'avoir rien ressenti de compromettant.

Bonus pour les profils avancés, un kit de luxe comprenant :

– une télécommande pour régler manuellement son niveau d'empathie,
– une alarme silencieuse qui vibre quand on s'apprête à dire quelque chose de trop humain,
– un masque invisible pour éviter que la pensée se voie dans les yeux,
– un générateur automatique de transitions vers la croissance verte,
– et un flacon de spray désaffectant (odeur neutre, validée par le service de presse).

Évidemment, je l'utilise moi-même. Le mode par défaut me met sur « cordiale mais opaque ». En cas de tension : « nuancée avec distance stratégique ». Et pour les situations vraiment critiques : « ton monocorde avec espoir discret d'être coupée ». C'est un système qui fonctionne. Il ne reste plus grand-chose, mais ça passe bien à l'antenne. C'est ainsi qu'à force d'applaudir ceux qui ne disent plus rien, on finit par voter pour ceux qui crient n'importe quoi.

15

Préserver les conditions du débat

Un jour, pendant une conférence de presse, j'ai entendu un candidat à la présidentielle prononcer des mots qui m'ont paru excessifs. Il décrivait, face caméra, l'état de nos finances publiques comme un gouffre béant, une catastrophe imminente. Il le disait avec gravité, mais aussi avec une précision anxiogène, comme s'il fallait instiller l'angoisse pour qu'elle devienne crédible. Je suis allée lui parler ensuite. Je lui ai dit que cette rhétorique du choc finissait par nous désensibiliser. Qu'à force de prédire le pire, on émousse les seuils d'alerte. Et que lorsque le réel s'emballe vraiment, plus personne n'écoute. Il m'a regardée longuement et il m'a simplement répondu, d'une voix très calme : « Je sais. Mais la polarisation provoque cela. Si on ne crée pas du tranchant, de l'émotion, il n'y a pas d'écho. Pas de reprise. Pas de polémique. » Il savait. Comme tant d'autres. Il nommait le piège, sans en voir la sortie. J'ai alors senti très distinctement qu'il ne s'agissait plus de cynisme ou d'aveuglement. Juste d'une lucidité : même ceux qui voient le mur arriver ne savent plus comment freiner. Ce qu'il m'a dit ce jour-là m'a marquée. Parce qu'il ne s'excusait pas, il constatait la fin d'un monde... et s'y adaptait.

Le féminisme que j'essaie de penser ici n'est pas une guerre contre des ennemis visibles, mais une tentative de préserver un espace où la parole n'a pas besoin d'être hurlée pour exister. Des lieux où l'on peut encore désapprouver et douter sans être disqualifiée. C'est un enjeu démocratique dont les féministes peuvent percevoir l'importance. Car l'histoire leur a appris, souvent dans la douleur, que ce que l'on appelle débat est un dispositif d'exclusion de ce qui trouble la norme sociale dominante. Que penser sans être immédiatement assignée reste un acte de résistance.

La disparition de l'empathie, la fatigue de devoir coïncider ou encore la disparition du lien : tout cela ne relève pas seulement de la psyché individuelle ou de la culture numérique. Ce sont des symptômes qui s'inscrivent dans une structure politique. Un système de captation et de réduction imposé par les plateformes et leurs algorithmes. Il porte un nom : la polarisation.

La polarisation nous prive de la nécessité de convaincre. Il suffit désormais de classer. Elle fabrique un théâtre permanent où l'on ne parle plus pour formuler une idée, mais pour signifier une appartenance et conforter un camp. Cette mécanique installe un climat politique irrespirable, un décor mental où toute parole non alignée sur un camp est perçue comme une trahison. Elle s'impose par saturation, plutôt que par la force. Elle rend le doute suspect, la nuance fragile et l'ambivalence illisible. Dans ce régime, on parle moins pour ouvrir un espace que pour sécuriser une posture. La politique se transforme en une guerre de positions. La polarisation ne détruit pas seulement la délibération : elle annihile la présomption de légitimité de l'autre. Or la souveraineté politique n'a plus de sens si nos esprits sont colonisés par des logiques d'adhésion instantanée et de clash permanent. Et cette logique s'autoentretient et marginalise tout ce qui tente d'y échapper. Elle crée un vacarme moral où la parole juste devient inaudible parce qu'elle ne frappe pas.

J'écris depuis l'intérieur de ce piège. Là où la pression de choisir devient chaque jour plus forte : choisir le viral ou le vital. Je me demande de plus en plus souvent s'il est encore possible de parler sans céder à la logique du clash permanent. Parfois, c'est vrai, j'y cède. J'écris une phrase taillée pour le moment. Une colère stylisée qui frappe, circule… et bien souvent, elle me laisse vide. Comme si ma voix avait emprunté un rythme qui n'était pas le sien. Alors j'essaie de tenir une autre ligne.

La théoricienne féministe Sara Ahmed décrit la figure de la féministe comme celle qui « gâche l'ambiance[1] ». Celle qui refuse de jouer le jeu affectif imposé. Peut-être y a-t-il là, aujourd'hui,

1. Sara Ahmed, *Manuel rabat-joie féministe* [2023], La Découverte, 2024.

la position politique la plus radicale : ne pas hurler avec son camp, ne pas fuir quand la parole trouble. Parler, en essayant de ne pas tout déformer pour performer. J'ai cette intuition tenace que la démocratie ne meurt pas dans le fracas. Elle s'effondre quand plus personne ne sait habiter un désaccord sans vouloir l'éteindre. Quand le lien n'est plus envisageable s'il n'engendre pas la conversion. De plus en plus souvent, la parole ne vaut que si elle conforte. Je crois qu'il faut refuser cela. C'est peut-être pour ça que j'écris encore. Pour ne pas participer à l'effacement de la conflictualité idéologique au profit de l'affrontement identitaire. À l'heure où chacun guette le prochain effondrement politique, nous vivons, dans une indifférence quasi totale, une dissolution symbolique silencieuse. Il est encore temps de refuser ce piège. Un piège parfaitement adapté à l'économie du spectacle, qui nous fait croire que la radicalité est un signe de force, alors qu'elle est souvent le masque d'un désespoir orphelin.

Mais il faut nommer aussi ce qui se prépare. Car la polarisation ne doit pas être vue comme un accident, mais comme un langage de pouvoir. Bientôt, si rien ne change, nous aurons perdu la capacité symbolique à penser ensemble. Non à être d'accord – cela n'a jamais été la condition de la démocratie –, mais à penser ensemble malgré le désaccord. Un grand patron des médias m'a dit un jour : « L'avenir appartient aux politiques qui maîtrisent les réseaux sociaux. » Il pense que nos dirigeants de demain seront ceux qui communiquent comme des influenceurs. Je crois, hélas, comme lui que ce constat dit tout du monde qui vient. La politique ne sera bientôt plus un exercice de responsabilité, mais un concours d'affects légitimes. Ce n'est pas une dystopie, c'est une pente. Une pente douce. Et sur les pentes douces, on ne sent pas qu'on glisse.

La seule façon d'en sortir ne viendra pas d'un sursaut idéologique. Elle viendra de ceux qui seront capables de tenir une parole non alignée sans en faire une posture. Capables de résister aux assignations et de désigner la violence sans pour autant l'imiter en espérant ainsi gagner. Il me semble que c'est cela, désormais, la tâche politique la plus urgente : protéger ce qui permet encore de parler sans être immédiatement enrôlé. Cela commence peut-être par nommer un des moteurs les plus puissants de cette dérive : l'alliance silencieuse d'un nombre croissant de médias avec les lois du conflit algorithmique. Car au cœur de cette polarisation qui monte se dessine un pacte, presque assumé par une partie de l'écosystème médiatique : choisir la rentabilité contre la démocratie ; accepter que l'économie de l'attention redéfinisse les règles du discours public en laissant les algorithmes dicter ce qui mérite d'être vu, entendu et commenté.

Ils savent très bien que cette logique de la polarité permanente fracture le lien symbolique entre les citoyens. Mais ils s'en accommodent, parce qu'elle produit du clic et du chiffre d'affaires. La volonté des journalistes n'est pas en cause ici. C'est l'architecture du visible qui leur impose cette logique d'expression. C'est ainsi que, souvent malgré eux, la forme est en train de l'emporter sur le fond. Et que la démocratie devient une variable d'ajustement.

Je n'ai pas viré complotiste. Je ne désigne pas ici une conspiration, mais une compromission. Une manière de réorganiser le monde non en fonction du bien commun, mais en fonction de ce qui capte le mieux l'attention de ceux qui crient le plus fort. Cette alliance entre les affecteurs d'opinion et les plateformes d'attention forme une nouvelle oligarchie invisible, qui ne gouverne pas par les lois, mais par les formats. Pour moi, la bataille politique la plus urgente est celle-là : lutter contre l'effacement progressif de tout ce qui ne se consomme pas. Il faut donc continuer d'écrire, moins pour gagner que pour baliser ce qu'il ne faut pas perdre. Pour que plus tard, si tout devient bruit et posture, on se souvienne que le silence du langage a commencé là. Pas dans un cri. Mais dans l'assentiment d'un monde devenu trop rapide pour penser[1]. Peut-être que l'horizon que le féminisme peut nous restituer est celui-là : non pas produire une émotion plus forte que celle des autres, mais résister à la confiscation du langage par les formats. Non pas ajouter un camp au conflit, mais préserver l'espace du dissensus

1. On retrouvera dans ce chapitre des échos de Chantal Mouffe (*Agonistique*, ENSBA, 2014), Pierre Rosanvallon (démocratie en désajustement), Bernard Stiegler (captation de l'attention) ou Cynthia Fleury (désaffiliation symbolique).

habitable, même quand il ne rapporte rien. Et ouvrir, encore, un espace où une parole un peu désalignée ne soit pas une faute, mais une forme de courage[1].

---

1. Sur les effets structurels de la polarisation algorithmique, voir notamment Cass R. Sunstein, *#Republic: Divided Democracy in the Age of Social Media*, Princeton University Press, 2017, et Shoshana Zuboff, *L'Âge du capitalisme de surveillance*, *op. cit.* Ces travaux décrivent comment l'économie de l'attention et l'architecture des plateformes ne se contentent pas de diffuser des idées polarisées, mais créent les conditions cognitives et affectives de leur réception exclusive, en court-circuitant les médiations, les hésitations et la conflictualité démocratique ordinaire.

Fragment de survie politique 7

Je n'aime pas les livres politiques

Normalement, je suis politologue. Donc, en théorie, je lis des livres politiques. Or voilà : en pratique, quand j'en ouvre un, j'ai souvent envie de me pendre avec le fil de mon chargeur d'ordinateur portable. C'est souvent le même effet :

– une idée par chapitre,

– des phrases de douze mots maximum,

– une indignation calibrée,

– un chapitre sur la République,

– un autre sur « les jeunes »,

– et un dernier à propos de comment « réconcilier les Français ».

Je ne sais pas pourquoi, mais j'en ressors plus confuse qu'avant.

Je crois que nous avons atteint un point où la politique a déserté la plupart des livres politiques. Elle s'est échappée. Par la porte du fond. Sans bruit. Sans regret. Elle n'est plus sur les plateaux. Elle n'est plus dans les conférences de presse ministérielles, ni dans les interviews politiques de huit minutes.

Elle est planquée ailleurs. Dans un roman de 2003. Dans un morceau de Lady Gaga. Dans un silence pendant un conseil de classe. Dans la manière qu'a une femme de se taire pendant qu'on l'interrompt pour la huitième fois. Et moi, je cours après. Je la cherche là où elle se cache : dans les moments ratés, dans les douleurs non exprimées, celles qu'on ne confie qu'à ChatGPT, ou dans les gestes qui ne se mettent pas en scène. Je travaille la société comme on dissèque une grenouille déjà morte, mais avec une lampe frontale et l'espoir tenace qu'elle va encore cligner des yeux. Mon cerveau est un mix entre une cellule d'analyse électorale et un détecteur de minuscules humiliations sociales. Ce n'est pas toujours pratique, mais ça fait de moi une très bonne invitée pour les dîners qui finissent en malaise poli.

Un jour, j'ai pris des notes pendant une séance de kiné parce que le praticien a dit : « La douleur est là, mais elle ne s'exprime pas. » Depuis, j'ai un dossier nommé « Phrases involontairement politiques de gens qui n'écrivent pas ». Il fait quarante-sept pages.

Je n'essaie pas de désacraliser la politique. *Je la relocalise*. C'est pour ça que mes fragments n'ont pas l'air politiques. Ils parlent de pull troué, de PowerPoint raté, de réunions absurdes. Mais c'est là que je vois encore quelque chose de vrai. Un reste de dignité… une trace d'humanité… un bug, peut-être. C'est ma manière à moi de faire de la politique : sans majuscule ni effet de manche… mais avec des effets secondaires. Et souvent des dommages collatéraux. Et, parfois, avec un rire de côté. Un rire qui me surprend quand je me rends compte que le dernier endroit où j'ai entendu une pensée politique, c'était dans une chanson pop ou chez le coiffeur.

Je pense politique comme d'autres détectent les failles d'un barrage… Sauf que je me retrouve souvent seule avec le seau.

16

Contre la logique du bannissement

Je ne crois pas aux monstres. Pas au sens où le débat public les désigne le plus souvent : des figures définies par l'acte qu'elles ont commis et condamnées à l'incarner à jamais. Je redoute notre besoin de monstres. Car je ne crois pas que la politique doive se construire contre eux. Je redoute cette simplification morale qui découpe les fauteurs et les criminels hors de l'humanité. Je crois que, pour repenser le lien, il faut aussi savoir interroger notre tentation collective du bannissement et de l'oubli.

Ce chapitre s'inscrit dans cette forme de féminisme qui ne cherche pas à purger le monde, mais à l'habiter autrement. À maintenir un espace où la justice n'exige pas l'effacement, et où la transformation reste possible. Bien sûr les violences infligées, les mots et les gestes inacceptables existent. Beaucoup trop nombreux. Je sais la nécessité impérieuse de parler, de protéger, et d'une justice qui condamne. Mais l'homme qui blesse ne doit pas pour toujours se résumer à ce qu'il a fait. Il faut encore pouvoir dire, sans être immédiatement accusée de complicité avec les agresseurs, qu'ils peuvent aussi être traversés par des choses qu'ils ne comprennent pas. Agis par une peur, un passé. La violence n'apparaît pas *ex nihilo*. Souvent, elle vient de loin, elle se répète et se prolonge. C'est un cycle que l'on ne peut pleinement comprendre si l'on partage le monde entre victimes et bourreaux. Et je crois que refuser de voir la complexité de certaines réalités, c'est se condamner à ne pas pouvoir les changer.

Comprendre d'où vient la violence ne veut pas dire l'excuser. Il s'agit simplement de la replacer dans une humanité que nous ne devrions pas effacer. Cet effort de compréhension, même s'il peut être douloureux, doit nous conduire à refuser une justice qui ne connaîtrait que deux états : la victime ou le monstre. Le camp du Bien et celui que l'on doit faire disparaître. Quand j'ai écrit – souvent avant qu'ils ne soient jugés par la justice, pour des faits très différents – sur Adrien Quatennens, sur Julien Bayou, sur Nicolas Bedos, sur d'autres aussi, je n'ai pas défendu des hommes. J'ai défendu des droits qui n'ont de valeur que si la justice les accorde à tous, sans les effacer par précaution et pour l'éternité. J'ai défendu le droit, aussi, à ne pas être assigné à jamais à une faute lorsqu'on a purgé sa peine. Je n'ai jamais nié la gravité de certains gestes. Je connais les statistiques effarantes des féminicides en France, comme celles des violences sexistes et sexuelles. Y compris le taux trop faible de condamnation des agresseurs.

Malgré tout cela, je refuse que l'on efface à jamais. Ou que l'on exige d'un homme qu'il joue publiquement la scène du pardon comme on joue un rôle : avec les bons mots, des silences bien scénarisés, des larmes à l'endroit attendu. Or, lorsqu'il s'agit d'hommes puissants, appartenant au monde politique ou artistique par exemple, le dispositif médiatique ne laisse plus la place à la réparation sincère. Il exige la confession, non pour ouvrir, mais pour refermer. Il veut des excuses immédiatement valides, des aveux calibrés pour la séquence, des gestes de contrition qui ressemblent davantage à des exécutions ritualisées qu'à une tentative de lien. On veut voir quelqu'un s'excuser, mais pas pour avancer. Pour clôturer. Classer. Pour confirmer ce que l'on espérait : il a échoué. C'est un monstre pour l'éternité.

J'ai une autre idée de ce que devraient être le débat public et la justice. Le débat public peut évidemment être le lieu du rapport de force, mais il est naïf de croire qu'il pourra un jour être un lieu de thérapie et de réparation pour les victimes. Même par exemplarité interposée. Pas davantage qu'il ne devrait être l'arène où s'établit la culpabilité ou l'innocence d'un accusé. Je crois que l'on doit toujours laisser la possibilité à un homme fautif de changer. C'est cela, pour moi, croire en l'humanité. Je pense qu'un condamné peut finir par comprendre, même s'il n'a pas encore coché toutes les cases du parcours de la rédemption médiatique. Nous avons besoin d'hommes – même puissants, même publics, même d'anciens salauds – qui apprennent. Qui deviennent un peu meilleurs. Pas des héros. Pas nécessairement des modèles unanimement célébrés comme Pedro Pascal. Juste des présences possibles dans le monde que l'on pourrait reconstruire au-delà de la guerre des sexes. Ce que je dis ici me coûte. Et pas uniquement en termes de réputation. Mais je le dis quand même parce que si le féminisme ne peut plus offrir un lieu pour coexister après la faute, alors il n'est plus une politique, mais une impasse. Pire, un abandon d'humanité.

Un jour, dans le silence d'un message privé, un homme accusé, qui se trouvait au cœur d'une tempête médiatique, m'a demandé de ne pas parler publiquement pour le défendre. Il ne m'interdisait rien. Il demandait. Il redoutait que ma prise de parole, même nuancée, même juste, puisse empirer sa situation. Que je devienne, malgré moi, un fardeau de plus. Ce que j'ai ressenti ce jour-là n'était pas de la colère, ni même de la tristesse. C'était un vertige. Celui de prendre les coups, de se lever pour une idée – la présomption d'innocence, le droit, une justice plus humaine – et de découvrir qu'au moment où il faudrait un écho, il n'y a plus personne. Même pas ceux dont on défend les droits. Je ne me suis pas sentie trahie par lui mais par notre époque. Par ce qu'elle fait aux voix qui essaient de défendre sans justifier, de penser la complexité sans s'aligner avec la dernière indignation à la mode. Ce jour-là, j'ai compris que l'on peut devenir suspecte pour avoir simplement tenu bon sur certains principes. Et qu'il n'y a parfois personne pour reconnaître que cette manière de tenir une ligne coûte autant qu'un engagement spectaculaire. Il m'avait vue comme celle qui « défend les monstres ». Mais ce que je défends, c'est le droit de ne pas effacer un être humain entier pour l'éternité à cause d'une faute, même grave. Ce jour-là, j'ai compris que ce combat, on le mène toujours seule. Mais je le mène quand même, car sans droit au retour, c'est toute la société qui se disloque.

Je suis frappée par l'absence presque totale d'imaginaire du pardon dans notre culture. Nous avons remplacé la possibilité de la transformation par l'effacement systématique, et le cheminement par la mise en scène. Il est vrai que la transformation et le cheminement ne se coulent pas facilement dans les récits valorisés par les plateformes. On demande donc aux fautifs de disparaître ou de se montrer dans une posture d'humiliation publique. Entre ces deux extrêmes – le silence coupable et la confession médiatisée –, il n'y a plus d'espace pour un dialogue, pour une réflexion partagée. Il n'y a plus que des mises à mort symboliques qui viennent nous donner le sentiment de nous purger de ce que l'humanité a de pire.

Il y a dans certaines scènes publiques une pulsion destructrice qui me glace. Elle n'est pas toujours injuste, je le reconnais. La parole d'un criminel à la télévision est une douleur insupportable pour les victimes. Mais cette volonté de bannir est souvent trop rapide. Trop sûre d'elle. Trop naïve, aussi, sur ce qu'elle transforme vraiment en profondeur dans la société.

Il faudrait encore pouvoir dénoncer sans désigner un homme comme totalité. Même les violences qui brisent ne justifient pas que l'on efface l'humain tout entier, à tout jamais. Pas dans un pays qui reste si fier d'avoir interdit la peine de mort.

Mais aujourd'hui, la foule n'a pas besoin de juges : elle sait déjà.

J'ai toujours reculé devant cela. Parce que je ne veux pas devenir, même par loyauté, un de ces regards qui détruit avant de savoir et juge avant la justice. J'ai peur de ce qu'un groupe peut faire, même animé par les meilleures intentions. J'ai peur de la vitesse et de l'efficacité punitives que permet notre époque. J'ai horreur du plaisir collectif que nous prenons parfois à disqualifier. Peut-être que ma fidélité à nos principes fondamentaux commence dans ce refus d'ajouter ma voix à celles qui hurlent déjà. Et c'est parfois dans l'isolement que l'on éprouve la force des convictions.

Je repense souvent à une scène du film *Malèna*, de Giuseppe Tornatore (2000). Monica Bellucci y incarne une femme que tout accuse, sa beauté, son silence, son indépendance, sa dignité dans la solitude. À la Libération, une foule la tond sur la place publique. Elle ne se débat pas. Elle marche, humiliée, au milieu de leurs coups. Ce qui me glace, dans cette scène, ce n'est pas seulement la violence, c'est l'unanimité. La logique implacable du châtiment, sans procédure, sans paroles, sans retour. Je redoute cette pulsion de groupe qui dévore sans plus entendre, sans plus douter. Ce moment où la justice devient un rituel, et où la foule, persuadée d'incarner le bien, devient elle-même le monstre. Cette scène m'a poursuivie parce qu'elle concentre ce que je crains le plus : la certitude du groupe. Le soulagement collectif qui accompagne la punition promptement administrée. Quand les regards ne cherchent plus à comprendre, mais à effacer. Je crois que ce refus-là, viscéral, du lynchage – fût-il symbolique – est devenu l'une des boussoles invisibles de tout ce que j'écris.

Jean Rochefort a expliqué lors d'une interview que l'un des événements les plus marquants de sa jeunesse fut la vision, au moment de la Libération, d'une femme nue, le crâne rasé, couverte de croix gammées et de crachats. À côté d'elle, un homme tenait son bébé par les chevilles comme un poulet. La foule, disait-il, était ivre de haine. Il ajoutait que c'est ce jour-là qu'il a su qu'il n'appartiendrait jamais à aucun parti politique. Je comprends cette phrase. Je comprends son refus, car il ne rejetait pas la politique, il refusait la brutalité collective que certains moments réveillent, quand la foule cesse d'être un peuple pour devenir un bloc. Cette brutalité-là me hante. Parce qu'elle n'est jamais aussi forte que lorsqu'elle croit faire le bien.

Je crois que l'humanité ne se mesure pas à la faute commise, mais à la possibilité qu'on laisse à celui qui l'a commise de revenir dans la parole. Je sais bien que la fidélité à certains principes, aujourd'hui, est souvent prise pour une trahison. Je crois pourtant que c'est dans la complexité que réside encore quelque chose de politique. Pas dans la pureté, ni dans le grand récit de la faute et de la rédemption. Mais dans l'espace incertain de ceux qui tâtonnent. Ceux qui veulent comprendre, mais ne savent pas encore comment revenir. Comment redevenir humains.

Il ne faut pas voir là une question de principe uniquement, c'est aussi une question de stratégie politique. Car nous devons bien mesurer que certaines formes de rigidité produisent une résistance d'abord souterraine, puis de plus en plus visible, de la part de certains hommes. Une peur animale, presque archaïque, de la disqualification. Comme si l'exigence de réparation, dès lors qu'elle est trop performative ou trop immédiate, activait en eux une peur, parfois une haine brute. Cela, il faut savoir le penser et l'anticiper. Nous devons voir qu'il existe des mots du vocabulaire féministe qui claquent comme des injonctions. Et savoir regarder en face le fait que, pour beaucoup d'hommes, *déconstruction* n'évoque pas un travail sur soi ou une possibilité d'amélioration, mais une menace. Ils l'entendent comme une dépossession. Pour certains, c'est une sommation à disparaître, à renoncer à tout ce qui les tenait encore debout. Ils entendent, même si ce n'est pas l'objectif poursuivi : « On va te démonter, il ne restera plus rien de toi. » Ce mot, pourtant né pour libérer, est devenu pour eux le synonyme d'une castration symbolique. Il n'y a pas de projet commun possible si le langage est perçu comme un scalpel.

Je ne propose pas ici de reculer devant la haine. Je crois qu'il faut la comprendre pour la désamorcer. Aucun combat ne se gagne sans stratégie. Sans intelligence de la réception ni soin du lien.

Je voudrais que le féminisme assume de permettre le retour. Qu'il sache reconnaître que l'on ne doit pas systématiquement fermer les portes à ceux qui se sont trompés et l'ont sincèrement reconnu. Je voudrais un féminisme qui cherche moins à venger qu'à désarmer. Désarmer, c'est certes plus long et moins spectaculaire que bannir. Mais je crois que c'est ce qui transforme pour de vrai. Je ne veux pas qu'on impose à une victime de pardonner, mais je voudrais pouvoir continuer à croire que le dialogue est un lieu de transformation collective possible. Et que ce lieu-là vaut mieux que la disparition ou le spectacle. Je ne crois pas que le féminisme doive accepter que la mécanique médiatique fabrique des martyrs, ni du côté des femmes, ni du côté des hommes. Les premières ne devraient pas être sommées d'être toujours des exemples, les seconds d'être toujours des figures suspectes ou fautives. Une politique qui ne laisse à chacun qu'un rôle sacrificiel – la victime ou le pénitent – finit par étouffer tout ce qu'elle voulait ouvrir. Donc par préparer un retour en arrière. Et j'ai parfois l'impression que nous avons oublié, collectivement, ce que cela signifie vraiment de défendre un principe, même lorsqu'il dérange. Peut-être que c'est pour cela que certaines commémorations suscitent en moi un malaise discret.

J'ai beaucoup pensé, ces derniers mois, à l'hommage rendu à Robert Badinter. À l'émotion collective, sincère, digne, presque universelle qui s'est exprimée à la quasi-unanimité. Mais je me suis demandé si nous mesurions bien ce que nous disions en le célébrant. Car Badinter n'incarnait pas un apaisement ou une élégance morale. Il portait une ligne exigeante, inconfortable, risquée : l'idée que le droit ne vaut que s'il s'applique aussi à ceux que nous préférerions ne plus voir. À ceux qui ont fauté, ces figures que la société aimerait rayer. J'ai trouvé étrange que l'époque qui le pleure soit aussi celle qui réclame l'effacement, le classement immédiat de tout ce qui trouble l'ordre symbolique du moment. Il ne s'agit pas ici de reprocher l'hommage, mais de rappeler que rendre hommage à Badinter oblige à une certaine rigueur. Une exigence dont la force se mesure précisément là où la foule hurle. Dans ce moment où nous avons la tentation de transformer le droit en récompense pour les bons et en luxe superflu pour les autres. C'est dans ces moments-là que sa pensée a du sens. Et c'est là, sans doute, que nous le trahissons le plus.

L'enjeu véritable, c'est de permettre l'existence d'un espace où l'on puisse continuer à penser ensemble. Un espace où les hommes ne seront pas jugés acceptables seulement s'ils se taisent, ou exemplaires seulement s'ils s'excusent. Un espace où ils puissent entendre, comprendre, rester, sans être effacés ni figés dans un rôle. C'est là, peut-être, que commence la politique : dans ce qui reste quand on a cessé de vouloir gagner *à tout prix*.

La philosophe Hannah Arendt rappelait que le pardon n'est pas un acte moral mais un acte politique. Il n'est pas là pour effacer la faute, mais pour préserver la possibilité d'un monde commun. Il n'y a de démocratie *possible* que là où la réintégration est *pensable*. Je crois qu'il est temps d'écrire un contre-récit du progressisme, non pas celui d'une ascension morale par épuration, mais celui d'un lien maintenu malgré la faute. Peut-être que le féminisme, à sa hauteur la plus exigeante, peut tenir ce discours-là. Celui du non-bannissement. Celui de l'écoute même après la faute. Non comme un pardon automatique, mais comme un refus de l'effacement. Une manière d'offrir un lieu pour comprendre. Même quand ça dérange[1].

1. Cette réflexion rejoint les principes portés par la justice restaurative, tels que formulés notamment par Nils Christie (« Conflicts as Property », *The British Journal of Criminology*, vol. 17, n° 1, 1977), Howard Zehr (*La Justice restaurative*, Labor et Fides, 2024), ou Danielle Sered (*Until We Reckon*, The New Press, 2019) : une approche qui ne nie pas la gravité des actes, mais cherche à restaurer le lien, à reconnaître les torts et à permettre la transformation plutôt que l'effacement ou l'exclusion définitive.

Fragment de survie intellectuelle 1

Pourquoi ces sujets (et pas un guide de recettes végétariennes)

J'ai essayé de ne pas écrire ce livre. Sincèrement. J'ai envisagé un roman. Un recueil de pensées courtes. Un podcast intitulé « Est-ce que nos élites vont bien ? ». À un moment, j'ai même sérieusement envisagé un abécédaire sur la solitude et les fromages. Mais voilà, j'étais trop fatiguée pour mentir. Alors j'ai écrit sur ce que je voyais tous les jours. Sur comment je traversais l'époque en essayant de ne pas perdre ma dignité dans des réunions où même les plantes en plastique semblent dissociées.

Sur ce que je ressentais à force d'être sommée de ne plus rien ressentir. Sur ce que je pensais encore, même après avoir passé trop de temps à formuler ce qu'on attendait que je pense. Je n'ai pas choisi les sujets. C'est l'époque qui a laissé ses sacs à mes pieds, et m'a dit : « Débrouille-toi. »

La fatigue symbolique est arrivée avec un sourire de communicant. La dissociation est apparue dans un discours de Lady Gaga. Ma colère a mis des chaussons, elle est restée polie. Et les femmes en politique ? Elles m'ont parlé entre deux portes. J'ai noté. Je n'avais pas prévu d'écrire sur les hommes désorientés. Mais ils ont commencé à s'excuser en boucle. J'ai tendu l'oreille.

Pourquoi ces sujets ? Parce que ce sont ceux que je n'ai pas réussi à refouler. Tous les autres sont encore en quarantaine dans un dossier intitulé « On verra plus tard. Quand le monde sera moins bête. Et nous, un peu plus vivants ». Peut-être que pendant que je me fais des nœuds au cerveau pour trouver une phrase qui ne sonne ni comme une posture ni comme une plainte, l'algorithme a déjà digéré la justice, absorbé le féminisme, formaté la décence et recraché le tout en carrousel de quinze secondes, sous-titré avec une faute.

Je crois que j'ai écrit ce livre comme une tentative d'arrêt d'urgence. Avant que même ma pensée ne se mette à parler comme les plantes en plastique.

17

Se libérer de la tyrannie de la transparence

Quelle que soit la cause défendue, on demande trop souvent à ceux qui prétendent émettre une opinion : « D'où parles-tu ? » Je n'ai, pour ma part, qu'une seule réponse à donner : de là où vous n'arriverez pas à m'enfermer. Un endroit qui ne devrait ni me valider par anticipation, ni m'exclure *a priori* du débat.

Je crois qu'il faut refuser la tyrannie du storytelling émotionnel. L'assignation à une expérience, une identité, une religion, vaut trop souvent disqualification systématique, ou au contraire validation *a priori*, sans même avoir écouté les arguments. Il faut refuser les deux.

Nous devons encore pouvoir parler, quel que soit le sujet, sans être obligés de nous raconter. Dire « je pense » sans devoir dire « j'ai vécu ». Dire « je doute » sans dire d'un même souffle « voilà ce que je suis ». Ce droit-là, le droit à la réserve, à la distance, est en train de disparaître peu à peu, avalé par la logique émotionnelle et identitaire imposée par les plateformes.

Le féminisme devrait préserver l'intériorité comme espace politique. Il devrait reconnaître que, dès que la pensée a besoin d'une chair visible pour exister, elle finit avalée par les logiques identitaires en vogue. Pourtant, dans les arènes médiatiques, comme dans un grand nombre de milieux militants, la parole n'est plus vraiment écoutée si elle ne s'accompagne pas d'une image, d'une émotion ou d'une part d'intime. Or, je vois bien ce que le système médiatique fait à celles qui, notamment lorsqu'il s'agit des combats féministes, ont raconté ou dénoncé. Au moment de la vague #MeToo, on les a applaudies pour leur courage. On les a écoutées et portées. Mais très vite, on les a figées dans une fonction, assignées à ce moment de parole comme à une case définitive. Elles sont devenues « celles qui ont parlé ». On ne leur a plus demandé autre chose. On a cessé de les écouter pour ce qu'elles pensaient. Leur parole a été intégrée au récit collectif, puis neutralisée. Elles ont existé quelques instants sous une lumière violente, puis cette lumière-là les a tenues captives.

J'admire celles qui ont osé parler. Je sais ce que cela a coûté à beaucoup. Je n'oppose rien à leurs mots. J'interroge simplement ce que le système fait d'elles, *après*. Je crois que le dévoilement intégral est toujours un piège. Ce que j'observe, depuis plusieurs années, c'est que l'espace médiatique ne recoud pas, ne répare pas. La chair exposée finit toujours dévorée. Judith

Godrèche en a fait l'expérience. Quelques mois après avoir livré une parole forte, profondément politique, elle s'est retrouvée sur un plateau bienveillant, interrogée par Mouloud Achour. Et là, presque à voix basse, elle a dit : « Je me retrouve très souvent allongée, à regarder le plafond, avec des idées noires. Très souvent. » Elle a souri. Elle n'attendait rien, n'accusait personne. Elle disait juste ce qu'il reste, après. Ce qu'on ne filme pas : une femme seule, avec ses idées noires, allongée, une fois que tout a été livré.

Voilà ce que nous fait le système de visibilité dans lequel le débat public se déploie désormais. Il vous extrait une parole, vous porte un moment… puis vous laisse face au plafond. Il prend tout, l'intime, l'effroi. Puis il s'éloigne. Ce n'est pas l'oubli qui détruit. C'est le vide exact qui suit l'exposition.

Cette forme de dévoilement ne guérit rien, elle dépouille et elle vous rend à la solitude. Il n'y a pas de réparation médiatique. Seulement un flux à nourrir.

Il y a celles que l'on extrait un instant pour les montrer, puis que l'on laisse retomber dans le silence. Et puis il y a celles que l'on regarde en continu. On n'attend pas d'elles une pensée, ni un trouble, mais une continuité visuelle. Une intériorité consommable. Et j'ai la certitude qu'elles sont le signe avant-coureur de ce qui adviendra si l'on continue à céder.

Il y a par exemple cette fille, quelque part aux États-Unis, qui ne dort plus seule. Elle dort face à une caméra. Elle se réveille face à un écran.

Elle mange, se lave, s'effondre, en live. Depuis plus de trois ans, elle diffuse chaque minute de sa vie sur Twitch – 1 137 jours d'affilée, sans pause, sans vacances, sans intimité. Ce n'est pas une dystopie : elle s'appelle Emily (un prénom modifié par le *Washington Post* qui a relaté son histoire, pour la protéger du harcèlement). Elle est devenue une figure légendaire du streaming extrême. Emily ne s'est accordé aucun congé maladie, n'a assisté à aucun mariage, n'a eu aucun rapport sexuel depuis qu'elle a commencé à diffuser sa vie entière. Elle vit seule, mais vue. Fatiguée, mais applaudie. Rentable. Les internautes la regardent quand elle s'endort. Quand elle ouvre une boisson énergisante au réveil. Quand elle traîne dans sa salle de bains – seul lieu hors champ de son appartement. Ils regardent tout, commentent tout et attendent toujours plus. Certains se plaignent si elle dort trop, si elle ne sourit pas assez ou ne se montre pas « fun ». Arrêter n'est pas envisageable. Prendre des congés, elle appelle cela du *career suicide*. S'accorder un jour de pause serait tuer sa source de revenus et sa seule présence au monde. Il ne s'agit plus de performance mais d'un asservissement consentant à la transparence. Un suicide lent sous lumière violette. Le rêve américain, version 3.0 : diffuser sa fatigue jusqu'à l'épuisement… et appeler ça un job. Le plus terrifiant, c'est qu'elle n'est pas une anomalie : elle est la norme à venir. Emily est l'exemple parfait d'une intimité entièrement colonisée par la performance, d'une vie entièrement formatée par la mise en récit que le regard collectif lui impose. Son aliénation n'est que le prolongement jusqu'à l'absurde des logiques sur lesquelles s'appuie le féminisme performatif.

C'est une vie transformée en flux. Et c'est notre fatigue à nous, notre propre besoin de nous oublier dans le spectacle, qui réclame sa transparence. Nous vivons dans ce monde-là. Un monde où l'on demande de plus en plus souvent aux acteurs du débat public – à commencer par les politiques, mais plus seulement – d'être transparents, lisibles en permanence. Et de se déshabiller pour prouver leur authenticité. Nous ne le disons pas avec ces mots, évidemment. Mais nous l'exprimons dans nos attentes implicites. Dans ce que nous valorisons dans nos votes. À travers ceux que nous éliminons en silence, en zappant quand une interview paraît trop froide, trop sérieuse. Trop *chiante*.

Moi, à tout prendre, je préférerais que l'on déshabille le pouvoir. Les structures du théâtre, plutôt que ses acteurs. Je voudrais que l'on déconstruise les discours installés, le langage des dominations masquées. Ces phrases de ministre qu'on entend mille fois, qui saturent l'espace mais vident les mots. Ces éditos lisses, écrits pour le buzz avant d'être pensés. Toutes ces interviews où l'on parle fort pour ne rien dire. Je voudrais que l'on expose ce que le flux maquille : les structures qui empêchent et les règles tacites qui figent les formes du pensable.

Je ne cherche pas ici à me raconter, sauf lorsque vous mettre à ma place peut servir la démonstration. Je cherche simplement à comprendre ce qui nous tient encore. Voir ce qui nous lie, nous bride, et ce que le système fait aux corps qui prennent la parole en essayant encore de dire quelques vérités. Exposer les silences que l'on nous impose. Voir les seuils de perception que le système efface. J'aimerais que l'on regarde les angles morts des formats, mais aussi les coûts affectifs de la parole publique. Ce que je voudrais déshabiller, ce ne sont pas les acteurs du débat mais leurs évidences. J'aimerais montrer les vêtements invisibles de l'autorité. Ceux que personne ne remet en cause, parce qu'ils sont cousus dans la langue elle-même.

Je crois qu'il est temps de voir et nommer l'impasse du dévoilement : on vous célèbre une seconde pour mieux vous réduire l'instant d'après. Ce que vous avez dit devient outil. Ce que vous avez tu trop longtemps devient une faute. Même la vulnérabilité la plus sobre finit dévorée, recrachée, ou épinglée comme stratégie. Il n'y a plus de place pour une douleur qui ne se raconte pas dans la grammaire attendue.

Désormais, ce n'est pas la parole qui nous manque. C'est la possibilité d'y survivre. Ce que je défends ici rejoint ce que la philosophe Sara Ahmed décrit comme les conséquences de l'*affect policing*[1] dans certains milieux militants : une régulation implicite de ce qu'il faut montrer pour être crue. On attend un certain type

1. Sara Ahmed, *The Cultural Politics of Emotion*, Edinburgh University Press, 2004.

d'émotion, une peine audible. C'est une mise à nu conforme aux attentes du moment. Elle débouche sur un contrat paradoxal : plus on attend que les femmes se livrent, plus on les enferme dans ce qu'elles livrent. C'est la raison pour laquelle j'aimerais que nous reconnaissions à tous un *droit à l'invisibilité affective*[1]. Il ne s'agit pas de se cacher. Simplement de résister à la confusion entre sincérité et transparence, compassion et consommation. De croire encore que l'on peut penser et même convaincre sans être préalablement regardé de l'intérieur. De refuser de se déshabiller pour prouver qu'on n'a rien à cacher. Trop rares sont les politiques à tenir cette ligne-là aujourd'hui. Non pas qu'ils n'essaient pas. Mais nous les sanctionnons au moindre soupçon d'opacité. Pourtant, je crois que refuser la transparence illimitée, l'invasion permanente de l'intimité par le regard de la société, est nécessaire. Et certains – rares – ont démontré que ce refus était possible.

Mylène Farmer en est l'exemple le plus spectaculaire. Elle est la métaphore parfaite du droit que j'aimerais restaurer pour ceux qui le réclament. Elle n'a jamais parlé d'elle autrement que par ses clips et ses chansons. On ne sait rien d'elle ou presque, et c'est cela qui autorise toutes les projections. Elle laisse le monde cogner à la porte, mais ne lui ouvre que par refrains cryptés.

1. J'entends par « invisibilité affective » la possibilité de faire entendre une pensée ou d'occuper une position publique sans devoir exhiber ses émotions, sa biographie ou sa vulnérabilité pour être légitime.

Tout ce qu'elle ne dit pas, elle le chante comme une brûlure tenue au froid. Elle a porté un certain féminisme, mais sans le dire, et sans jamais être reconnue comme féministe. Depuis quarante ans, elle traverse la scène comme beaucoup de femmes traversent un monde hostile, masquée, insaisissable, excessive parfois. Elle a chanté le sexe sans complaisance, le désir sans assignation. Elle a refusé de coïncider avec l'image que l'on attendait d'elle : ni muse, ni mère, ni modèle, ou alors tout à la fois. Son œuvre entière est un geste de désalignement, un refus de se plier au système qui dévore les femmes tout en les exhibant. Elle n'a jamais revendiqué son féminisme. Elle l'a incarné autrement : dans le refus de répondre, dans l'art de ne pas expliquer. Dans la solitude, aussi. Mais une solitude choisie. Elle incarne parfaitement l'invisibilité affective : une manière de garder pour soi ce qui brûle, sans avoir à le nommer devant tous, sauf s'il énonce une part d'universel. Si le féminisme ne se bat pas aussi pour libérer l'espace intérieur des femmes – leur droit à la complexité, à l'ambivalence, à l'invisibilité affective –, alors il passe à côté de sa promesse d'émancipation. Mylène Farmer m'a appris que l'on peut encore apprivoiser l'absurdité du monde sans avoir à la commenter en continu. « Désenchantée », sans doute son titre le plus connu, n'est pas un cri de plainte ou une colère individuelle, mais le refus d'une dissolution : celle de sa génération dans l'absurdité du moment. En l'écoutant, je pense à toutes les femmes que je croise au quotidien – dans les médias, en politique, dans mon activité professionnelle –, qui ne veulent pas « être un exemple ». Qui ne veulent pas que l'on s'identifie à elles ou que l'on érige en héroïsme une expérience de vie qu'elles n'ont pas choisie. Je voudrais que le féminisme laisse une place à ces femmes-là. Celles qui ne veulent pas raconter, mais qui veulent encore réfléchir, douter et construire un monde plus tolérant.

Il nous faut trouver une manière de préserver un espace intérieur qui n'appartient à personne, et permet donc de rester libre. De faire confiance aux mots, même lorsqu'ils ne sont pas appuyés d'une émotion démonstrative. L'invisibilité affective est simplement une certaine idée de la dignité, une autre manière d'habiter la parole. Elle est moins démonstrative, mais peut-être plus résistante. Hannah Arendt l'avait pressenti : rendre visible tout ce qui est humain n'est pas un progrès mais un risque. C'est le risque de transformer le monde commun en scène d'exposition permanente. Or la liberté politique suppose un espace entre soi et les autres, entre la parole et l'intime. Quand ce seuil disparaît, la personne n'existe plus. Nous confondons trop souvent transparence et vérité : nous voudrions tout voir, tout entendre, tout comprendre, tout de suite. Cette avidité, même lorsqu'elle est bien intentionnée, finit par user. Et tout épuiser.

Dans cette époque où l'émotion se vend, où la parole publique devient un passage obligé vers la solitude, la pudeur devrait être considérée comme un acte de dignité. Peut-être que le féminisme à venir ne sera pas celui des injonctions, mais celui qui défend encore un droit au secret.

Un droit au je sans justification. La pudeur ne protège peut-être pas du monde. Mais elle évite d'y laisser son âme[1]. Et parfois, c'est une voix que vous ne connaissez pas qui vous la rend, un soir où vous n'en aviez plus.

1. Sur le plan théorique, ce chapitre prolonge, à rebours, l'intuition formulée par Byung-Chul Han dans *La Société de la transparence* (*op. cit.*) : l'obsession contemporaine pour la visibilité, l'aveu et la mise à nu s'y révèle comme une stratégie de contrôle plus que d'émancipation. Mais là où Han voit une pathologie de la clarté, j'y lis un régime politique du dévoilement sélectif – une économie de la confession qui exige l'exposition de certaines paroles tout en neutralisant leur portée. Cette logique trouve ses racines dans la généalogie foucaldienne du pouvoir pastoral (*Les Aveux de la chair*, Gallimard, 2018), où la parole vraie est attendue, surveillée, et incorporée comme condition d'acceptabilité sociale.

Fragment de survie politique 8

Ils déconnent

Ils déconnent. Parfois, ils font du mal. Mais je vois d'où ça vient.

J'observe beaucoup les responsables politiques. Parfois de près. Souvent de loin. Toujours avec un mélange de malaise, d'affection et de scepticisme poli.

Il faut dire qu'ils donnent matière. Ils parlent trop vite, répètent des éléments de langage comme s'ils les découvraient en direct, s'indignent à heure fixe et s'excusent avec des phrases qui ont été préalablement validées par deux conseillers et un *community manager*.

Ils veulent plaire aux jeunes, aux retraités, aux cadres dynamiques et aux lecteurs de *Valeurs actuelles*, le tout en quatre-vingt-dix secondes, avec un ton sincère mais pas vulnérable. *Ça ne marche jamais*.

Je les écoute. Je soupire. Je note les contradictions, les absurdités, les moments où ils auraient pu dire quelque chose de juste mais ont préféré rester « prudents ». Protéger leur réputation.

Je les regarde et je me dis : « Franchement, ils déconnent. »

Et puis je les vois en dehors. Fatigués. Coincés entre un avion et une réunion qui n'aura servi à rien. Regardant leur téléphone comme on regarde un détecteur de fumée.

Je les entends dire : « Je ne peux pas me permettre de dire ça, tu comprends », ou : « Je ne suis pas sûr d'être audible là-dessus. »

J'en ai vu se décomposer intérieurement en direct quand un chroniqueur leur a demandé s'ils avaient « encore une vision ».

Un jour, l'un d'eux a eu un blanc de trois secondes et j'ai juré voir sa conscience quitter la pièce en chaussettes, sans faire de bruit.

Alors je le comprends. *Presque*.

Même s'il ira réciter cinq « Je vous salue, Bercy » en rentrant au bureau, pour se faire pardonner d'avoir été pris en défaut de référence technocratique prête à l'emploi.

Je vois le piège : l'exigence de cohérence dans un monde incohérent ; la demande d'authenticité dans un espace où toute émotion devient une faille exploitable ; l'obligation d'avoir un avis sur tout, tout le temps, en étant crédible, sensible, solide, réactif et bien coiffé.

Je les vois se désactiver à force de se contenir. Je vois le désespoir discret qui flotte parfois dans leurs formules vides. Et je me dis : *Ce n'est pas qu'ils déconnent. C'est qu'ils essaient encore*.

Alors je leur pardonne.

Enfin… presque. Parce qu'après tout, ils sont encore là. Et que moi aussi, avec mon regard de hibou sceptique, mes phrases trop longues et mon envie secrète de leur glisser parfois un post-it qui dirait simplement : « Vous ne portez plus le monde, vous le récitez. Il est peut-être temps de poser le prompteur pour qu'on puisse recommencer à écouter. »

Oui, ils déconnent. Mais peut-être que ce n'est pas leur faute. Peut-être que ce système n'a plus rien à nous dire, mais qu'il continue à parler pour ne pas s'effondrer.

18

Libérer les élites de la tyrannie horizontale

Nous savons désormais que la parole publique est colonisée. La nuance y devient suspecte, la peur d'être mal perçu inhibe le courage. Mais comment éprouver la capacité de désalignement de nos élites autrement que par le diagnostic ? Je me prends parfois à rêver d'un test. Un test à notre image. Un test social. Une expérience qui dirait : *Jusqu'où sommes-nous capables d'agir, sans attendre l'autorisation d'un groupe ?* À quel moment s'autorise-t-on à sauter hors de la casserole ? À risquer sa réputation, peut-être, pour ne plus s'aligner sur la cécité et la folie qui se sont emparées d'une époque ? Ce sont ces questions qui ont donné le point de départ de ce livre. J'ai voulu comprendre pourquoi nous nous taisons, même quand quelque chose nous alerte. Pourquoi nous laissons le poids de normes sociales que nous savons absurdes étouffer notre lucidité et notre liberté d'expression.

On cite souvent le test de Milgram : des individus ordinaires envoyant des décharges électriques à un inconnu, sous l'injonction d'un homme en blouse blanche. La leçon est connue : nous sommes capables du pire lorsque nous déléguons notre conscience à l'autorité. Or, aujourd'hui, l'autorité ne dit plus : « Obéis. » Elle dit : « Sois visible. Sois conforme. » Elle ne donne pas d'ordre. Elle attribue des *likes*. Nous sommes passés d'un risque de tyrannie verticale à une vraie tyrannie horizontale. Nous n'avons plus besoin d'ordres. Nous fonctionnons à l'ajustement. À la peur d'être dissonant. Et si, au fond, la réputation était en train de remplacer notre conscience ?

Alors j'ai imaginé un autre test. Un test pour notre temps. Il ne s'agit plus de désobéir. Juste d'oser paraître déplacé aux yeux de ses pairs, de sa communauté. De ses téléspectateurs, ou de ses followers. Ce n'est donc plus Milgram qu'il faut convoquer. C'est une autre expérience : on invite une série de responsables politiques, hauts fonctionnaires, patrons de presse, influenceurs et, parmi eux, le sujet testé, ignorant tout de l'opération en cours. On les fait entrer, un par un, dans une pièce élégante, un lieu de pouvoir. Un verre d'eau. Une chaise. Une fausse interview sur « l'éthique dans une démocratie moderne ». Le sujet testé ne reçoit aucun ordre. Juste un décor. Une ambiance. Un groupe. Et soudain, quelqu'un dans la salle s'étouffe. Pas spectaculairement. Plutôt de manière ambiguë, presque grotesque. Assez pour alerter un corps. Trop floue pour être certain que ce n'est pas une performance, un divertissement postmoderne avec caméras cachées à la clé.

Autour du sujet testé, les convives sont prévenus qu'il ne faut pas bouger. Donc personne ne bouge. Tout le monde feint l'indifférence. Un murmure

– prévu dans le script – circule : « Ce doit être une performance. […] Ils veulent tester nos réactions, comme dans ces vidéos sur les biais cognitifs. […] Ne faites rien, vous allez tout ruiner. »

Et là, tout se joue…

Ce test ne mesure pas le courage physique ou la bonté. Il mesure *la capacité à trahir son groupe, à risquer le ridicule, à faire un geste non codifié – quand on sent pourtant que l'éthique commande d'agir*. Au fond, Jaurès le disait déjà, mais autrement : le vrai courage n'est pas de hurler avec les siens, mais de chercher la vérité, et de la dire – même au prix de l'inconfort social. Même contre les siens. Ce test mesure une morale du lien, du soin. Ce que Carol Gilligan appelle une éthique de la sollicitude, souvent socialement attribuée aux femmes, mais que notre société n'encourage plus[1].

Et dans cette pièce, intervenir, c'est transgresser. C'est peut-être :

– passer pour le maladroit, celui qui ne comprend pas les règles du jeu social ;

– se montrer émotif, celui qui « fait un geste » alors que tout le monde garde son calme ;

– être le paranoïaque, qui pense qu'une vraie urgence pourrait survenir dans un cadre aussi raffiné ;

– ou, pire, le moraliste déplacé, celui qui croit encore qu'un humain qui tombe est plus important que la bonne tenue d'un événement VIP.

Dans ce monde-là, le risque n'est pas l'inaction, c'est d'être mal lu. Mal capté. Mal relayé.

1. Carol Gilligan, *Une voix humaine*, Climats, 2024.

De devenir celui dont on dira plus tard : « Tu te souviens ? Celui qui s'est précipité, qui a cru que c'était vrai... quel clown. »

Nous n'avons plus peur d'un ordre. Nous avons peur d'un post mal interprété. D'un extrait mal repris. D'un mot décalé qui devient un tag. La réputation est devenue un nouveau régime politique. Un régime de contrôle diffus, non plus par le haut, mais par les affects eux-mêmes, comme l'avait pressenti Silvia Federici : les corps sont surveillés non par la loi, mais par la norme. Or la norme, aujourd'hui, c'est de ne pas déranger.

C'est pour cela que ce livre prend le parti de vous déranger. Pour voir ce que vous faites de votre inconfort. Mon test mesure le *désalignement entre la conscience morale et le cortex social.* Ce minuscule intervalle où le corps veut agir, mais où l'esprit interroge : « Et si l'on me juge ? Et si j'ai tort ? Et si je perds ma contenance ? »

Dans ce silence-là, on meurt. Pas seulement celui qui s'étouffe. Mais aussi la société. La démocratie. L'humanité.

Parfois, je rêve qu'on le fasse vraiment, ce test. Qu'on regarde, très calmement, qui préfère garder son prestige plutôt que briser le protocole.

Il ne s'agit pas d'humilier. Juste de nous confronter à nous-mêmes. À cette question simple, brutale, à laquelle nous n'avons plus l'habitude de répondre : « Sauver quelqu'un ou sauver sa réputation ? »

Je crois que beaucoup de responsables politiques ne croient plus aux formats médiatiques qu'ils habitent. Ils savent que leurs interventions sont déformées, digérées, recyclées à une vitesse absurde. Ils parlent à des caméras qui ne transmettent plus, mais qui filtrent pour désarmer.

Ce que j'essaie de faire ici, c'est remonter le courant. Dire : ce n'est pas l'image qu'il faut formater, c'est le regard qu'il faut libérer. Ils ne le diront pas sur un plateau, mais je sais que je formule un malaise qu'ils n'osent plus nommer. Beaucoup d'entre eux vivent une solitude opaque. Ils ne peuvent pas dire qu'ils doutent. Ils ne peuvent pas dire qu'ils s'effondrent. Dans cette interdiction de la vulnérabilité, ils deviennent spectateurs d'eux-mêmes. J'écris depuis cette solitude-là. Je la structure. Je l'assume comme un point de départ pour penser. Je ne vise pas leur destitution. Je propose quelque chose de plus radical : changer le décor plutôt que les acteurs. Changer le décor, c'est débrancher les micros qui ne transmettent plus et retrouver un lieu où l'on peut encore dire sans craindre d'être coupé, moqué… *viral*. C'est une libération possible. Une sortie sans humiliation.

Je leur dis simplement : vous ne portez plus le monde, vous le récitez. Il est temps de poser le prompteur pour qu'on puisse recommencer à écouter.

Moi, peut-être l'ai-je déjà raté, ce test. Peut-être que je suis déjà passée à côté. C'est de ce doute-là qu'est né ce livre. Mais je continue d'espérer qu'un jour, quelqu'un se lèvera, malgré les regards. Pas pour faire le héros ou pour donner une leçon. Juste pour briser le décor. J'espère que ce jour-là, dans le fond d'une pièce trop bien éclairée, on verra s'effondrer la fiction la plus dangereuse de notre temps, celle qui fait passer l'élégance avant la décence. Et si le féminisme n'avait pas pour tâche de faire tomber les puissants, mais de les libérer de la peur d'agir juste ?

Fragment de survie médiatique 8

Je ne suis pas une solution,
mais j'ai quelques hypothèses tièdes

J'ai failli finir ce livre par une citation de Camus. J'ai envisagé une métaphore végétale. Puis une phrase un peu grave du type « rester humain est déjà une victoire ». Et puis je me suis souvenue que je portais un T-shirt troué, que je venais de rire sans raison claire en lisant une note de bas de page, et que j'avais passé la matinée à classer des captures d'écran de contradictions politiques dans un dossier intitulé « Éclats de lucidité temporaire ». En bref, je n'ai pas l'énergie pour une conclusion grandiose.

À ce stade, je pense que personne ne m'attend plus sur une sortie structurée. Je n'ai pas de solution. Je n'ai même pas de plan stratégique de sortie. Parfois, j'ai une intuition. Parfois, juste une crampe sous la clavicule qui me dit que quelque chose ne va pas.

Je ne suis pas une solution. Je suis une alerte discrète, une preuve que penser ne suffit pas toujours, mais que ça occupe les mains. J'ai essayé d'être claire. Mais à l'intérieur, c'est un peu plus flou que prévu. Un mélange de fatigue civilisationnelle, d'attachement désespéré au langage et d'irritation chronique face aux formats de table ronde.

J'ai commencé ce livre en pensant que j'allais proposer quelque chose. Je finis en me disant que tenir debout avec un minimum de dignité est peut-être déjà une forme de proposition.

Je suis un bug vaguement articulé, une anomalie syntaxique avec mémoire affective. Mais j'ai quelques hypothèses. Tièdes, certes. Incomplètes. Un peu mal habillées. Comme une élue centriste à un gala de techno militante. Mais tenables, je crois. Par exemple :

– on peut penser un peu différemment, sans se faire brûler. Enfin... pas toujours ;

– on peut parler lentement dans un monde pressé, si on accepte d'être coupée ;

– on peut être floue, mais essayer d'être honnête ;

– on peut pleurer en silence et rester crédible... Parfois ;

– surtout, on peut ne pas vouloir gagner, ne pas vouloir trancher, ne pas vouloir plaire... et quand même écrire un livre.

P.-S. : J'ai produit mes fragments de survie comme d'autres produisent des *stories*, pour survivre à ce qu'on attendait de moi. Mais en désordre. En douce. Et parfois, à l'envers. Je vous les laisse. Le reste de ma vie, je le garde pour le hors-champ.

Merci. Bisou.

Ce livre était un test

Je ne propose pas ici un programme en cent dix propositions ou un manifeste. Ni CV, ni autobiographie déguisée, ce livre est avant tout une traversée de l'époque. *Désalignée* n'est pas moi. C'est un effet. L'effet d'avoir grandi, pensé, parlé dans un monde où la fidélité à ce que l'on sent et voit est en train de devenir une menace pour la réputation. Un risque d'invisibilisation. Un monde où le fait d'agir selon sa conscience paraît de plus en plus inadapté, un peu premier degré, un peu « trop ».

Je ne crois pas que nous soyons devenus aveugles. Mais *dire que quelque chose cloche* est devenu suspect quand cela ne rentre pas dans les formats imposés et les cases validées par avance. Non parce que c'est toujours faux, mais parce que cela dérange ce que des milieux déconnectés tiennent pour évident et ce que les logiques réputationnelles récompensent. Cette logique ne fait pas taire. Elle disqualifie par déplacement. Elle ne censure pas. Elle range ailleurs : dans l'excès, dans l'instable.

Alors, au risque de vous paraître instable ou marginale, j'ai écrit ce livre comme on tend un piège. Pas pour provoquer. Juste pour voir. Pour mesurer, à ma manière, le degré de désalignement collectif entre nos valeurs proclamées et nos réflexes sociaux.

Ce livre est un test. Un sondage. Vous croyiez lire un livre. Vous étiez observés. Pas par moi. Par vos propres réflexes.

Ce que vous avez toléré. Ce que vous avez surligné. Ce que vous avez zappé. Ce que vous avez projeté.

Vous avez jaugé la voix, ou jugé la personne.

Peut-être avez-vous reconnu que la polarisation médiatique avalera bientôt la démocratie.

Peut-être avez-vous vu que la peur de déplaire à la grammaire féministe dominante empêche d'en penser les angles morts. Donc d'en préparer l'avenir.

Peut-être avez-vous reconnu que nous laissons les GAFAM redessiner les contours de notre pensée intime pendant que le livre meurt en silence.

Peut-être avez-vous compris que certains désalignements sont des formes de loyauté à soi plus radicales que toutes les obéissances adaptatives qui se donnent des airs de courage.

Ou encore que votre tolérance à ma liberté d'expression est conditionnée à la place que l'on accorde encore aux femmes qui pensent dans l'espace public.

Peut-être avez-vous admis que le réel ne crie plus, qu'il s'épuise de ne pas être entendu.

Et moi, dans ce monde où penser librement devient plus subversif que s'indigner, j'ai juste écrit ce que je voyais.

Conclusion

Fidèle au doute

Nous étions désenchantés, ensemble. Nous sommes désormais désalignés, seuls[1]. Nous vivons dans l'angoisse d'exister dans un monde trop bavard pour entendre sa propre chute. Ce livre est né de ce vertige.

Je n'attends pas un féminisme parfait. Mais, parfois, je me prends encore à espérer que le féminisme portera un jour un autre regard sur le pouvoir. Pour le transformer enfin, sortir de la verticalité qui écrase et des regards qui effacent. J'aimerais qu'il ose regarder en face cette époque et ce qu'elle nous fait. Qu'il nomme ce qu'on nous empêche souvent de voir. Et qu'il ose dire que la vulnérabilité, parfois, peut être une force.

Je crois encore à la possibilité d'un féminisme qui ne m'expulse pas à la première nuance. Qui accepte le doute comme forme de loyauté, et ne m'oblige pas à performer une douleur en vitrine pour valider ma pensée. Je refuse la mise à nu… tout en vous donnant dans ces pages l'illusion

1. Je crois qu'un lecteur attentif aura, à ce stade, compris que l'hommage à Mylène Farmer est totalement assumé.

du dévoilement. Ce n'est ni un paradoxe ni une manipulation. Tout est sincère dans ce livre, chaque anecdote est vraie, même la plus improbable. J'essaie simplement de vous faire toucher du doigt l'absurdité de ce que je vois. Car je crois que c'est ça, aujourd'hui, le vrai pouvoir : le dévoilement maîtrisé.

Je ne veux pas avoir à choisir entre l'adhésion totale et la désertion cynique. Entre la militante à plein temps et l'indifférente supposée. Je voudrais que l'on préserve un lieu pour les voix désalignées, les rythmes lents, les pensées en construction. Où la parole ne devient pas injonction, où l'on peut respirer sans performer. Je fais partie d'une génération usée par les loyautés obligées, les récits verrouillés et les identités qui prennent la place de la pensée. J'ai grandi dans des milieux où il fallait souvent tenir une ligne plus qu'une pensée. J'ai trop souvent tu mes doutes, parce que le regard social les rendait par avance illégitimes.

Or, moi, je suis fidèle au doute. Plus fidèle au doute qu'à la gauche. Plus fidèle à cette liberté-là qu'au féminisme. Parce que lorsque les récits et les idéologies se sont effondrés, lorsque le pouvoir hésite entre le mensonge et la déconnexion, il ne reste que le doute comme boussole pour naviguer entre le mensonge permanent et la complexité du monde.

Je ne refuse pas de défendre des principes et des idées. Je rejette simplement l'assignation par anticipation et le prêt-à-penser. Je me méfie de ceux qui veulent savoir qui parle avant d'écouter ce qui est dit. Cette logique identitaire prétend protéger, émanciper même, mais j'ai la certitude qu'elle enferme. Elle rend visibles, mais aussi illisibles certaines formes de sincérité. Elle prétend vous donner un espace… mais le clôt immédiatement par la fonction qu'elle vous assigne. Je ne crois ni à la transparence obligatoire, ni à la confession comme condition d'écoute. J'aimerais qu'une ligne n'ait pas besoin d'identité pour tenir. Que la pensée se suffise à elle-même. Comme l'a dit Élisabeth Badinter, « nous avons tous le droit de changer. Et c'est cela, le vrai humanisme : ne pas assigner les êtres à ce qu'ils ont été un jour ». Ce droit-là doit s'appliquer à tous. Y compris aux hommes. Y compris à ceux que l'on voudrait bannir à jamais.

Ce que je fais ici est une fabrication. Contre la scène que l'on voudrait imposer à toutes, je fabrique un espace pour moi, et peut-être pour d'autres. Pour celles et ceux qui n'en peuvent plus d'être ramenés à un rôle, une couleur, un camp, une case avant même de commencer à penser.

Sachez tout de même qu'avoir dû passer par le « je » pour tenter de vous traverser me coûte. Le « je » est la concession que je fais à une époque où les récits et l'émotion dictent leurs lois. C'est une interface de transmission. Je maintiens néanmoins un infime espoir qu'un jour, mes idées pourront être entendues sans « je ».

Il fut un temps où nous nous disions désenchantés. C'était une déception partagée. Aujourd'hui, ce que nous vivons est d'un autre ordre. Ce n'est plus l'effondrement d'un récit, c'est la liquéfaction silencieuse du réel partagé. Plus de scène commune. Plus de langage partagé. Nous n'avons plus que des fragments, des intuitions. Et parfois, la sensation que nos tripes mentent moins que les flux. De plus en plus souvent, face à un débat politique, j'ai la même sensation qu'en regardant un film mal doublé : les lèvres bougent, mais le son ne colle plus à l'image. Ce que j'appelle désalignement, c'est cette perception politique d'un monde où le langage s'est désancré du réel, où le lien a perdu sa force de traction. Où le ressenti devient inaudible s'il n'est pas performé. Je crois que nous sommes nombreux à le ressentir. Mais toujours infiniment seuls à l'éprouver. Car c'est une expérience solitaire. Non par repli, mais parce que le collectif s'est dissous. Chacun avance dans le vacarme avec, au fond, cette sensation : le monde est là, mais nous ne sommes plus à notre place en lui.

Il nous faut donc réinventer des lieux pour douter sans être disqualifiés. Pour transmettre sans vendre. Car sans eux, la seule alternative à la domination semble être son inversion. Or, je ne crois pas aux révolutions. Si nous nous contentons d'échanger les rôles, nous restons dans le même décor. Et moi, ce décor-là, je ne veux pas le rénover. Je veux le rendre inhabitable. Ce livre est traversé par une idée du féminisme qu'il me fallait vous faire sentir, faute de pouvoir l'imposer. C'est une tentative de penser le pouvoir non comme une cible, mais comme une structure de perception. Une manière d'habiter les seuils d'attention. Un féminisme du lien, du doute, de la désaturation. Ce que je nomme « désalignement » est une manière féministe de résister aux assignations comme au conformisme, de refuser les récits imposés, de repolitiser l'empathie, la nuance et la lenteur.

C'est un féminisme qui ne dirait pas seulement « moi aussi », mais « nous, autrement ».

Ce livre est né d'un monde qui glisse. Un monde post-récits, post-promesses, post-doctrines. Il tente de voir ce qui tient encore : le doute, les principes, la lenteur, la fidélité au réel même quand il dérange. Au fond, c'est cela, la politique que j'attends : une politique qui commence là où l'on cesse de faire semblant que tout va bien parce que tout le monde se tait.

D'ici dix ans, nous aurons eu à choisir entre deux options : soit nous aurons appris à penser sans nous battre, soit nous n'aurons plus rien à penser. Cette alternative n'est pas métaphorique. « Quand t'es souvent seul avec tes problèmes, c'est que le problème c'est toi », chante Orelsan[1] – accusé de misogynie, puis devenu icône générationnelle. Mais parfois, il faut répondre que :

> Si tant de gens se taisent en même temps,
> C'est peut-être que le problème,
> C'est le système.

Et quand le système rend fou, la folie devient résistance. Mon désalignement n'est pas un symptôme, c'est un diagnostic.

1. « Basique », 2017.

Remerciements

Ce livre doit autant à mes lectures qu'à celles qui ont chanté, à l'écart, dans un monde saturé d'images.

Merci à celles qui ont fait silence au lieu d'expliquer.

Je leur dois le ton.

Table

Composition et mise en pages
Nord Compo à Villeneuve-d'Ascq

CET OUVRAGE
A ÉTÉ ACHEVÉ D'IMPRIMER
SUR ROTO-PAGE
PAR L'IMPRIMERIE FLOCH À MAYENNE
EN OCTOBRE 2025

N° d'impression : 107870
Imprimé en France